余光中美麗島詩選

陳幸蕙 主編

立足美麗島，
以愛與傷痕，織就
閃著淚光和微笑的詩，
書寫台灣。

編序

時光線索，情感地圖

——余光中・美麗島・詩

陳幸蕙

1. 樂觀其成

去年春天，我約略統計了一下，發現余光中至八十九歲止，所創作之詩約一〇七五首。

其中，以台灣為書寫主題者約一五〇首。

而特別引起我注意的是，台灣這個主題，不但縱跨了詩人七十年創作歲月，且幾乎涵蓋了他一生各式風格技巧。

於是，繼十年前編《余光中幽默詩選》後，我乃湧生再編《余光中美麗島詩選》的構想。

向余老師報告此事時，他微笑表示「樂觀其成」。

於是，在九歌出版社支持下，花了幾個月工夫，我反覆斟酌思考取捨，終選定一百一十首作品，於去年十月二十二日，親至高雄「左岸」余府，請詩人過目並提出意見。

當時余老師身形清瘦，說話不若以往中氣十足，但精神尚佳。當我提到他年前發表之詩〈巫者告訴我〉中，那美好積極、信心十足的自我展望——

格瑞夫斯壽高達九秩
想我當不止此數

余老師曾露出非常欣慰愉悅的笑容。

告別之際，蒙老師首肯，約好十二月十六日再來做一採訪時，我心下暗自決定，要以誠摯編撰的《余光中美麗島詩選》，做為獻給詩人九十大壽的生日禮物。

卻不想，十二月十四日竟傳來老師辭世的消息，原訂採訪成了靈堂上香！這之中的驚愕、感慨與傷懷，實絕非簡單平淡的「世事多變，人生難料」一詞所能涵括。

2.有溫度的台灣論述

嗣後，我根據余老師生前意見，幾番再做整理，終選定了目前的這一百首詩。

一百首立足美麗島，以愛與傷痕織就，閃著淚光和微笑，書寫台灣的詩。

一個斐然可觀、豐富雋永、值得細品的作品群組。

余光中曾說：

「……懷鄉。我所懷者是台灣。」（《紫荊賦》，P36）

余光中的美麗島詩，尤其自香港時期開始、以台灣爲主題的作品，都是在此自覺與不自覺的情感背景下，深情寫就。

於是，在這數量龐大的美麗島詩系裏，我們遂看見，一個有著「台灣心・中國結」的作家是以詩，持續記錄了他溫情、敏銳的島嶼觀察，書寫了他綢繆糾葛的兩岸思考，也抒發了他眞誠深刻的日常感懷，可說無一不是有溫度、有態度、有深度的台灣論述，也無一不是其「靈魂最眞切的日記」。

而除數量龐大的特色外，在此尤值一提的是，這些美麗島詩，題材廣泛，風格多元，於內容取向上，更是微觀巨觀、感恩讚美、祝禱祈福、童趣幽默、明朗溫暖、感傷無奈、憂思關懷、嘲諷諧謔、沉鬱憤懣等，無不有之，幾乎涵蓋了情緒與情感光譜的全部色度。

如果不曾誤判，那麼，余光中實在是以台灣爲主題入詩，寫得最多、最悲欣交集、也感慨最深的現代詩人。

若一首詩是一條時光線索，一組記憶密碼。

那麼這本余光中詩選的意義，便在啓動記憶密碼，沿著或隱或顯的時光線索，檢視其精神紋理，逆溯其心靈阡陌，重現其情感地圖，進而發現一種擁抱台灣、深愛島嶼的方式。

並且，透過其個人願望清單中的家國願景，以溫暖同理心，去理解、尊重，且憫然於國共戰後遷徙至台灣的新住民，失落原鄉的終生傷痛。

3. 感恩、謙遜與慎重

在設計上，我將這一百首台灣詩依題材取向分成〈永恆之島，台灣頌〉、〈星空，非常希臘〉、〈我這一票，投給春天〉、〈無情的一把水藍刀〉四卷。

每卷卷名均擷取自余光中詩句(註)。

四卷下再細分爲〈山水禮讚〉、〈城鄉歌詠〉、〈蔬果物語〉、〈日常風景〉、〈人文采風〉、〈歷史拾貝〉、〈人間祈祝〉、〈社會批評〉、〈生態關切〉、〈海峽觀想〉、〈兩岸感懷〉十一個單元，希望如此的系統分類，能完整、到位地呈現余光中美麗島詩全貌。

此外，每首詩後另附一帖「悅讀簡訊」，簡筆略述與詩相關的背景資料、時空情境、作品技巧特色、詩人成詩動機或機緣等，與讀者進行觀念對話，盼能提供悅讀參考。

就這樣，據此設計理念與方案，身爲一名編者，每一個工作日，懷著感恩、謙遜與慎重的心情，我深入詩人美麗島詩世界，時而莞爾、時而傷感、時而敬服、時而慨歎。

在竭盡個人最大誠懇與努力後，終於，麗日高懸的仲夏，我完成了這本詩選的全部編撰作業——

誠摯地獻給詩人，與詩人筆下的永恆之島。

由衷希望，這本選集的問世，對一生忠於繆思、不斷自我提升、戮力貢獻於台灣現代文學的詩人余光中，有可喜的意義。

對當前台灣社會，同樣，也有著美好、建設性的意義。

註：「永恆之島」見〈飛過海峽〉（《紫荊賦》P2）。
「星空，非常希臘」見〈重上大度山〉（《五陵少年》P47）。
「我這一票，投給春天」見〈投給春天〉（《藕神》P62）。
「無情的一把水藍刀」見〈心血來潮〉（《紫荊賦〉P142）。

——二〇一八年七夕，於新北市新店

目次

城鄉歌詠

卷二 星空，非常希臘

人文采風

歷史拾貝

卷二　我這一票，投給春天

人間祈祝

社會批評

卷一　永恆之島，台灣頌

山水禮讚

鵝鑾鼻

我站在巍巍的燈塔尖頂，
俯視著一片藍色的蒼茫。
在我的面前無盡地翻滾
整個太平洋洶湧的波浪。
一萬匹飄著白鬣的藍馬，
呼嘯著，疾奔過我的腳下，
這匹銜著那匹的尾巴，
直奔向冥冥，寞寞的天涯。
浩浩的天風從背後撲來，
將我的亂髮向前撕開；
我好像一隻待飛的巨鷹，
張翅要衝下浮晃的大海。

於是我也像崖頂的巨鷹，
俯視迷濛的八荒九垓：
向北看，北方是濃鬱的森林；
向南看，南極是灰色的雲陣，
一堆一堆沉重的暮靄，
壓住浮動的海水，向西橫陳，
遮斷冬晚的落日，冬晚的星星，
遮斷渺渺的眺望，眺望崑崙——
驀然，看，一片光從我的腳下
旋向四方，水面轟地照亮；
一聲歡呼，所有的海客與舟子，
所有魚龍，都欣然向台灣仰望。

——一九五三年十二月九日《天國的夜市》

悅讀簡訊

余光中第一首以台灣風土景物爲主題的詩，曾選入國中國文課本，寫於二十五歲，好年輕的歲月！

全詩抒發冬日登鵝鑾鼻燈塔，遠眺太平洋，湧生巨鷹展翅壯懷之澎湃感受。雖略顯散文化，但「白鬣」、「藍馬」等意象生動，「撕開」一句戲劇性、張力十足，實已預示其未來詩風陽剛的消息。

此亦是詩人生命中第一首燈塔詩，與日後定居西子灣畔所寫燈塔詩如〈高樓對海〉（P155）之滄桑蒼茫，風格迥異，建議並讀。

西螺大橋

轟然，鋼的靈魂醒著。
嚴肅的靜鏗鏘著。

西螺平原的海風猛撼著這座
力的圖案，美的網，猛撼著這座
意志之塔的每一根神經，
猛撼著，而且絕望地嘯著。
而鐵釘的齒緊緊咬著，鐵臂的手緊緊握著
嚴肅的靜。

於是，我的靈魂也醒了，我知道
既渡的我將異於

未渡的我，我知道
彼岸的我不能復原爲
此岸的我。
但命運自神祕的一點伸過來
一千條歡迎的臂，我必須渡河。

面臨通向另一個世界的
走廊，我微微地顫抖。
但西螺平原的壯闊的風
迎面撲來，告我以海在彼端，
我微微地顫抖，但是我
必須渡河！

矗立著，龐大的沉默。
醒著，鋼的靈魂。

附註：三月七日與夏菁同車北返，將渡西螺大橋，停車攝影多幀。守橋警員向我借望遠鏡窺望橋的彼端良久，且說：「守橋這麼久，一直還不知道那一頭是甚麼樣子呢！」

——一九五八年三月十三日《鐘乳石》

悅讀簡訊

三十歲那年，詩人與台西海岸一座壯麗大橋深情相遇，歸賦此詩。

強悍的鋼纜巨索，於濁水溪上拉出「力的圖案」、矗立「意志之塔」，令海風「絕望嘯著」的體悟，鼓舞詩人突破恐懼、迎向命運、挑戰未知的意志與勇氣。

「醒著，鋼的靈魂」一句，首尾呼應，是詩人對西螺大橋的結論，亦是自我期許的獨白。寫景、記遊之外，其實更是一首充滿前進意識的自勵詩。

大尖山

——墾丁十九首之一

擡頭，你永遠在上面
回頭，你永遠在天邊
墾丁是一切風景的結論
而你是墾丁的焦點
無論春天如何攀爬
都不能抵達你的半腰
天風和野雲都為你改道
陽剛之美的一座石塔
所有仰望的眼光合力
將你供舉到天際

——一九八六年底～一九八七年初《夢與地理》

悅讀簡訊

墾丁，爲余光中最鍾愛之台灣山水，故云「是一切風景的結論」。

大尖山，爲墾丁地標，故以「焦點」稱之。

「天風和野雲都爲你改道」一句，與「仰望」一詞，更暗示了此恆春半島第一奇峰在詩人心中地位。

於是海拔僅三一八公尺之大尖山，在主觀上，遂被詩人提升、「供舉」到「天際」的高度。

保力溪砂嘴

——墾丁十九首之十一

八瑤山下清清的淡水
左轉右迴，一路下坡
哼著一首無愁的牧歌
來赴海峽鹹鹹的約會
已經望見那一片水藍
聽見海潮一陣陣在呼喊
卻被砂洲的手臂攔住
說冬天到了，不准出海去
等吧，擱淺的小木船
等夏天把河谷灌得肥滿
上游的雨水奔瀉而來

把冬之禁令一下子衝開
唱一首自由之歌，把你們
一一，吐給大海

——一九八六年底～一九八七年初《夢與地理》

悅讀簡訊

保力溪、八瑤山在屏東縣牡丹鄉。
微帶陌生感的名字。
余光中是第一個題詠此國境之南山水的台灣詩人嗎？
砂嘴是海岸、河口常見景觀。
此詩以文學淺述地形學，充滿動感；由冬之禁錮到夏之突破、奔放，也隱喻著人生。
當河水哼唱牧歌、自由之歌，何等歡愉！
可以想見詩人創作時的快樂心情。

銀葉板根

——墾丁十九首之十三

哪一棵老樹會把自己的故事
說得這麼露骨的呢？
不必尋根了，一切的傳說
赤裸裸都羅列在眼前
半畝的龍骨嶙峋，蛟筋雜錯
蟠踞成一隻飛不去的海妖
輕一點吧，噓，輕一點
防他突然會醒來
千肢蠕蠢，把你絆一跤

——一九八六年底～一九八七年初《夢與地理》

悅讀簡訊

趣解「露骨」、「尋根」二詞，又以龍、蛟、飛不去的千肢海妖，將樹齡五百年之植物，動物化、神話化。

而海妖善良嗜睡、擾他清夢頂多「絆你一跤」！憨厚頑皮，更顛覆一般妖魔印象。

一株高齡老樹，壁丁銀葉板根，在詩人詼諧幽默的筆下，乃以有趣可親之形貌，深植讀者心中。

蟛蜞菊

——墾丁十九首之十六

忽然一聲喊，野孩子們紛紛
從石隙石縫裏一下子湧來
黃髮細頸的野孩子們
一轉眼就爬滿了沙灘
興奮地又笑又唱又喊
青石的圓顱讓他們亂爬
縱容他們幼稚的喧嘩
不過是一群頑童過路
能鬧得多久呢，最後總是
留下圓顱禿禿的青石族
在寂寂的晚潮聲裏繼續

苦思一些
想必是比較沉重的問題

——一九八六年底～一九八七年初《夢與地理》

悅讀簡訊

蟛蜞菊爲墾丁濱海植物。

「野孩子」喻其奔放生命力。

全詩將花之顏彩樣貌聽覺化、動作化，活潑熱鬧，一派天眞。

然畢竟花期短暫，盛綻有時，凋萎有時，於是黃菊與青石、動與靜、喧嘩與冷寂、輕快與沉重，於詩中乃呈現鮮明之對比。

青蛙石

——墾丁十九首之十九

在腳下喊你好幾千年了，那海
怎麼你還是蹲在岸邊？
你如何跳來的呢，當初
正預備要跳去何處？
卻突然就這麼愣住了
像中了，咳，誰的法術
醒一醒吧，墨綠的巨靈
掙開青苔密密的羅網
趁今夜，南灣的夜色正好
讓我騎上你背脊，跳吧
把大海跳成小池塘

悅讀簡訊

余光中〈墾丁十九首〉多富童趣，〈蟛蜞菊〉（P36）、〈青蛙石〉尤爲個中之最。

青蛙石在墾丁南灣，面向巴士海峽。

在此詩中，詩人幽默與青蛙石對話，關懷、好奇、同情外，更密謀夜逃計劃，匪夷所思之想像與魔幻寫實色彩，令人莞爾！

又，首句與第三句中，「那海」、「當初」刻意倒裝，散文式之平鋪直敘，因此一變化轉折，乃跌宕生姿。

武陵道上見雪山

崢嶸的白頭，山徑轉處
怎麼一擡頭赫然在上頭
驚駭的天啓當胸一記
要怎樣深呼吸
震顫的心臟才承受得住呢？
舉起那樣斷然的冷肅
全靠超越衆山的孤高
三千九百公尺的魁偉
苗栗是前胸，台中是後背
而昂著分水嶺的白頭
在一切煙霧與噪音
一切松針與鷹隼之上

與皓皓的崑崙，皎皎的天山
終古對望

——一九八七年四月十一日《夢與地理》

悅讀簡訊

雪山標高三八八六公尺，為台灣第二高峰，崢嶸魁偉，故詩中一連以四「頭」字，寓仰之彌高意涵。

時值四月，應無積雪，然雪山名中「雪」之一字，予人純白聯想，故詩末乃與皓皓崑崙、皎皎天山並提，揣想其跨時空對望景象。

而詩人所深情遙望者，非富士、非洛磯山脈，值得玩味。

爬山的次日

——獻給大尖山

爬山的次日，周身的熱血依舊
由顱至踵暢快地奔流
一條滾滾不歇的河川
源頭，是跳在高處的心臟
皮膚新烙著壯麗的太陽
可以驕人的油紅顏色
像帽徽和肩章一樣
堂堂地戴在額頭和臂膀
爬山的次日，酸了腳筋
遠方卻投來甘甜的山影
征服者醺醺回味的快意

回味著昨日仰攻的戰績
面對嚴陣的絕壁，一半凌虛
一半踏實，向絕處去求生
腳趾試探石罅的破綻
蹬出一道僥倖的天梯
梯級斷處，再向頭頂
去攀附崖際的糾根亂藤
吊住暴露的石腱和山筋
天助自助者，奮力拉吧
失手，失足，都不准，只准提住
性命或體重，與地心拔河
一寸寸，拔，上天去，只爲
那昂然的孤高在風上，雲上
說，怎麼現在才到呢，等你
早等了幾千萬年了，每次你路過
見你在山下的眼神，望我
少年的豪情猶在，就猜到

峻險的挑戰你不甘不接受
頂尖之約你不會不來
最後的一級了，上來吧
這百里一掃的壯觀，只許鷹看
是你揮汗而笑，當風而叫
終於奪得的無價之獎
青蛙石，牛角山，一切羅拜的石裔
都圍在你腳下觀禮
而從一切擡望的焦點
你重下山去，像一位謫仙
卻已不再是曾經仰羨
曾經，在下面猶豫的那凡人
——只因爬山的次日
從一牀圓滿的酣睡裏，你
帶著新生的幸福醒來
心魂仍留在岌岌的絕頂
嘯著狂風，追著野雲

——一九八七年五月六日《夢與地理》

悅讀簡訊

〈大尖山〉（P30）十行，細述仰羨大尖峰頂心情。

此讚美之獻詩，則寫呼應山的呼喚，赴此「頂尖之約」後的快意、幸福感，酣暢滿足，令人欣羨。

大尖山仰攻不易，然登頂後，恆春半島景觀一覽無遺，盡收眼底，是謂「鷹看」！

「鷹看」以名詞做副詞，生動尖新，別饒創意。

唯因安全考量，大尖山現已禁止攀爬，余光中此詩，乃成絕響。

龍坑遇雨

不知是誰觸犯了龍鱗
或是無意間誤踏了龍尾
只覺得腳下的龍筋
才輕輕一抽動
便吹起鹹濕的海風
再蠕蠕一扭龍脈
一陣陣獰怪的雨雲
便用潑墨畫欺人的氣勢
從燈塔的背後潑來
潑來海涼侵肌的驟雨
天的臉色是難看極了
水芫花觳觫地伏在地下

林投樹濕透了的亂髮
披拂在我們的背上
密密的雨鞭子斜抽下來
憑一把共撐的小黑傘
怎能夠包庇啊
四個驚悸的逃命犯？

雲陣和雨勢驟起驟歇
黑傘收攏滿天的瀟瀟
飄灑的餘瀝裏，想起
剛才的陣仗不見得
是爲了追捕我們的排場
這原是天之涯，地之角
滾滾的黑潮在此路過
巴士海峽與太平洋
動盪的水域在此交波
天風海雨都在此聚嘯

乍發的滂沱也莫非
是龍性不馴，夭矯的翻身
而龍目下見的我們
傘下觳觫避雨的四人
像四枚小菌，經不起
一點點風吹雨打
還不及頑強的林投樹
或是青翠的水芫花

——一九八八年九月四日《安石榴》

悅讀簡訊

龍坑，是墾丁國家公園規劃的生態保護區。

暴雨來襲的場景為巴士海峽、太平洋交接處。

天之涯，海之角。

而驟雨之後，滂沱之後，驚悸之後，因感悟生命脆弱如「小菌」，故全詩於讚歎外，更多的是謙卑。

又，龍坑因礁岸形似蟠龍得名。

林投樹於台灣海邊常見，水芫花則是恆春半島保育類植物。

全詩聲勢懾人，鎖住「龍」字鋪陳，可謂借題發揮。

惠蓀林場

究竟山有多深，林有多密
而一路探下谷去的
那一盤隱隱的小徑
究竟要轉多少個陡彎
才會落到山嶽的心底？
尾敏山頭和濁水山峰
在高處都昂然不答
而排成梳齒的台灣冷杉
翠陰裏所有的鳥和蟬
也都參不出一個結論
說，林究竟有多密
而山啊究竟有多深

不料一拐過絕壁
卻在突來的水聲裏
被過路的關刀溪
隔著重重的樹影
在谷底的急灘上
一語道破

——一九八八年九月十八日《安石榴》

悅讀簡訊

尾敏山。濁水山。關刀溪。

小徑陡彎。絕壁谷底。翠蔭鳥蟬。台灣冷杉。

莫不「一語道破」南投仁愛鄉惠蓀林場之山深、林密與水急。

如此深入隱密清幽、少有人至，甚至少有人知的尾敏山、濁水山、關刀溪，且以之入詩！

在台灣現代詩人中，余光中不但可能是第一位，甚至，也是唯一的一位吧！

至　尊

——玉山七頌之一

三九五二，是你高貴的身材
白首天際是山族的至尊
一切仰望和指點的焦點
最早的金暾，最後的赤霞
唯你崢崢的絕頂獨戴
黑熊和石虎豈敢高攀
耐寒的圓柏都已放棄
更不提英勇的冷杉，鐵杉
春天和夏天再爬也難上
你肅靜的陡斜，只讓雪花
輕輕飛旋著六角傘

靜白耀眼的空降部隊
一夕自天而下

——一九九二年六月二十九日《五行無阻》

悅讀簡訊

余光中曾說他常有詩文同胎現象，即同一主題，分別以詩與散文進行創作。

墾丁如此，玉山亦然。

六十四歲那年，登玉山歸來，余光中所賦散文爲〈眾嶽崢嶸〉，詩即〈玉山七頌〉。

七頌之首，寫東亞與台灣最高峰玉山主峰之高，黑熊石虎、圓柏冷杉不敢攀，唯金暾、赤霞與雪花有幸登臨。

三九五二之絕頂，「一切仰望與指點的焦點」，冠以「至尊」之名，詩人崇仰欣幸之情，不言可喻！

白木林

——玉山七頌之三

島上最崇高的原住民
排成這神祕的行列
是何時登山的呢，怎麼
不見了鬚髮和背囊？
究竟遭受怎樣的山難？
怎樣的火譴，哪一次電殛？
是誰呢將魔咒一施，你們
就這麼僵凍在半空
撐著株枒難解的手勢
見證著風勢，指點著洪荒
以無頂的藍頂爲屋頂

一組最前衛的雕塑

——一九九二年六月二十九日《五行無阻》

悅讀簡訊

玉山白木林在海拔三千公尺處，是遭雷擊、火災焚燒後之群樹，經風吹雨打雪凍，樹幹白化而成。

全詩向遭此「山難」、「火譴」、「電殛」、「魔咒」的「原住民」溫暖致意，且從美學觀點讚爲「最前衛的雕塑」。

「以無頂的藍頂爲屋頂」句，三「頂」連用，於矛盾中見深趣，耐人尋味。

拉庫拉庫溪

——玉山七頌之六

深山的祕密只有流水知道
也只有流水會洩漏
流水的身世只有深山記得
從涓滴泠泠到急湍滔滔
只有沿途的峻峭清楚
只有終古無語的岩石
才會縱容無拘的澗水
一路唱著起伏的牧歌
應大海的號召跳躍而去
拉庫拉庫溪，永不回頭的浪子
只有中央山脈的衆老

在天際圍坐講古，才能夠追述
上游你清澈的童年

——一九九二年六月二十九日《五行無阻》

悅讀簡訊

全詩一連六個「只有」！
帶出輕快音樂性、節奏感外，更巧妙指出深山與流水、岩石與清澗、中央山脈與拉庫拉庫溪，親密纏綿的關係。
「浪子」「眾老」二詞將山水擬人化。
「講古」「童年」則暗示歲月悠悠、山長水遠，拉庫拉庫溪發源於中央山脈。
若此水曲折身世，只有中央山脈能追述，那麼，以詩寫地理，也只有余光中，能爲這「永不回頭」的清溪，如此繪聲繪影吧！

苗栗明德水庫

森森青翠的深處，是誰
私藏了這一泓明媚
只讓童話來投影
不許世界偷窺
山之重圍是不會洩密的
懸夢的吊橋也不會
驚疑是怎樣誤闖進來的
正想問一問閒鷺
這反常的靜有什麼天機
只見夕涼的長鏡上
悠悠扇起了一羽素白
拍著空闊的浩淼

斜
斜
渡
去，

——一九九六年三月十六日《高樓對海》

悅讀簡訊

詩人是受寵若驚的意外闖入者。

閒鷺是禪意十足的說法大師！

不食人間煙火的文字，爲苗栗明德水庫之清寧明淨、一塵不染定調。

「一羽素白」飄然逸去之斜線，拉出「空闊浩淼」之聯想，餘韻不絕。

山水有知音。

至目前爲止，余光中也應是唯一一位詠苗栗明德水庫的詩人吧！

太陽點名

顯赫的是太陽的金輦
絢爛的是雲旗和霞旌
東經，西經，勾勒的行程
南緯，北緯，架設的驛站
等待絡繹繽紛的隨扈
簇擁著春天的主人
一路，從南半球回家

白頭翁，綠繡眼
嘀嘀咕咕的鵪鴣
季節好奇的探子，報子
把消息傳遍了港城

春娣和文耕帶著我們
去澄清湖上列隊迎接
太陽進城的盛典

春天請太陽親自
按照唯美的光譜
主持點名的儀式
看二月剛生了
哪些逗人的孩子
「南洋櫻花來了嗎？」
回答是一串又一串
粉紅的纓絡，幾乎
要掛到風箏的尾上
或垂到湖水的鏡中
「黃金風鈴來了嗎？」
回答是一朵又一朵
佩上一柯又一柯

豔黃的笑靨太生動
連梵谷都想生擒
「火焰木來了嗎？」
回答是一球又一球
襯著滿樹的綠油油
把亮麗的紅燈籠高舉
烘暖行人的臉頰
「羊蹄甲也到了嗎？」
回答是一簇又一簇
淺緋淡白的繁花
像精靈在放煙火
燒豔了路側與山坡
「還有典雅的紫荊呢？」
回答是慘綠黯紫
顯然等得太久了，散了
「還有，」太陽四顧說
「最興奮的木棉花呢？」

一群蜜蜂鬧哄哄地說
她們不喜歡來水邊
或許在高美館集合
不然就候在高速路
從楠梓直排到岡山
不如派燕子去探探
要是還沒有動靜
就催她們快醒醒

——二〇〇九年三月十六日《太陽點名》

悅讀簡訊

余光中八十一歲的詩。

猶能出以如此淋漓元氣、活潑童心，令人驚訝讚歎。

全詩寫春回大地，以高雄澄清湖爲背景，「充滿幽默與喜悅」，熱鬧無比。

金輦、雲旗、驛站、探子、煙火、燈籠、風箏的尾上、湖水的鏡中、進城的盛典、唯美的光譜……。

生意盎然，燦爛滿點，連梵谷都心動，何況我們？

如此活力豐沛、意象繽紛之趣詩，自是余光中晚年代表作。

環保署已刻碑立於澄清湖畔，堪稱有詩爲證，余光中亦欣然表示，是其「長居高雄莫大的榮幸！」

阿里山讚

春季爲何總如此年輕
山雀和蜜蜂究竟
對櫻花說了些什麼

秋季爲何總如此清醒
銀杏和青楓究竟
對風霜說了些什麼

神木爲何總如此沉靜
古老的回憶究竟
內心轉多少層年輪

高山爲何總如此鎮定
斜坡和絕壁究竟
是怎樣的去脈來龍

這一切，只有太陽知道
這一切，造化之功
連史前的造山運動

只有祂，永遠如此年輕
每天把台灣喚醒
爲阿里山加上金冠

一頂金冠，尊貴而燦爛
用霞火煉丹而成
全世界共仰的壯觀

——二〇一二年八月四日《太陽點名》

悅讀簡訊

此詩爲余光中應阿里山林務局之請而作。

外界邀請撰詩，如主題值得書寫，詩人首肯後，必在知性上做足功課，再以感性醞釀、轉化爲文字。

於是，山雀、蜜蜂、櫻花、銀杏、青楓、神木……，我們乃得見，詩人以感性十足之筆，速寫阿里面貌。

以「史前的造山運動」簡述其年代湮遠。

以日出壯觀，畫龍點睛，爲阿里山讚作結。

三行一節的形式，琅琅上口，讀來輕快愉悅。

「去脈來龍」一詞爲押韻而倒裝，尤令人雙目爲之一亮。

阿里朝山

一縷芬多精牽我的鼻子
神木長老所派遣
一路盤旋又迴轉
把我誘上了阿里山
兩千米海拔的驛站
九重葛和一葉蘭，遲櫻
和杜鵑，一一來招呼
用芬多精或是芳多精
用近馥或是用遠馨
來寵上山的凡人

一番驚寵終於入了境
只覺得參天高寒有樹影

向人幢幢地圍來
提醒我，黃昏的典禮
由夕照親自點名，所有的雲
都一定出席，不可錯過
便排我在現場的一角
屏息見證，壯觀了全程
直到霞旌和霓旗，紛紛
擁走了耀眼的日神

當晚，主客都約定
冒更冷的凌晨起身
到更高的塔山對面
去迎接前夕送走的
日神更氣派的凱旋
才五點，人影已危佈在絕巔
檜柏森森也難掩
鍊丹爐漸旺的火光

看台上乍一陣喝響
祂來了，祂來了，祂來了

那許多先導
那許多隨扈
那一切招展
那一切部署
那懾人的排場
那駭目的揭幕

——二〇一三年四月二十三日《太陽點名》

悅讀簡訊

同爲阿里山頌，一讚一朝，前詩爲阿里風光寫意，此詩則明確書寫觀日出情事。

時間鎖定爲夕暮、翌日凌晨至麗日閃現。

以芬多精之嗅覺記述始，以日光煉丹爐漸旺之視覺意象終，末段句首連用六「那」字，鋪陳赤金晃晃、目不暇給盛況，驚歎之情，溢乎言表！

余光中四十四歲首登阿里山，曾撰〈山盟〉一文，爲其傳世散文名篇。此詩寫於八十五歲，寶刀未老，筆致蒼勁，兩者並觀，當可看出青壯、向晚風格之異。

西子樓

海峽浩蕩是前景
壽山巍峨是後台
日月與星辰是大壁畫
更有長堤伸出了雙臂
一左一右，將燈塔舉起
引進七海來歸的舳艫
壯闊的劇場正在等待
一位主角來演出
天風與海濤都在呼喚
美麗的預言正在等待
來吧，西子灣等你到來
西子樓等你來登高

晚霞正晝夜交替
等你上樓來觀禮

附註：中山大學前門正對高雄港北面入口，門外之校友會館新建落成，我為之題名西子樓。樓高三層，巨舶進出，左有旗津之絕壁拔起，右有柴山之峻坡遙衛，海峽日夜浮於堤外，更一望無涯。杜甫詩「門泊東吳萬里船」，恐猶不足盡其氣象。

——二〇一三年五月二十六日《太陽點名》

悅讀簡訊

壽山。
旗津。
高雄港。
西子灣。
余光中「高雄時期」作品中屢見之場景，與背景。
巨觀的視野。
浩闊的氣象。
美哉壯哉西子樓，日月星辰是大壁畫！
唯大師方能如此題詠。
然令人感慨的是，這是余光中生前最後一首題寫壽山與西子灣的詩。

城鄉歌詠

安全島上

站在中山北路的安全島上，
看下午海峽的風景。
看女孩子們愛跳圓舞的花裙子
像斑爛的魚群，在島與島間游過。

站在這都市之海的
寂寞的安全島上。
和一棵很年輕的猶加利樹
攀上了交情，遂與他隔撐著一柄
淡綠的小陽傘。
避著斜落的金色雨，同時嗅著，嘴饞地，
那濺起香檳酒的細沫的

豐滿的三月的黃昏。
於是，如一個初踐處女地的
驚奇的水手，我自語——
春已先我而登陸！

——一九五八年三月十八日《鐘乳石》

悅讀簡訊

中山北路，台北重要的南北幹道。

寫此詩時，余光中三十歲。

全詩主要訴諸海洋意象，春光燦爛，色彩鮮麗，十足浪漫文青風。

雖次段失之散文化，「隔撐」疑爲「合撐」，「香檳酒」兩行中「的」字使用過度，均可見余光中其時詩藝尚未臻成熟。

但在時光長河裏，如是輝閃著青春之光，詩人此早歲之作，仍不失爲一首可愛的詩！

車過枋寮

雨落在屏東的甘蔗田裏
甜甜的甘蔗甜甜的雨
肥肥的甘蔗肥肥的田
雨落在屏東肥肥的田裏
從此地到山麓
一大幅平原舉起
多少甘蔗，多少甘美的希冀
長途車駛過青青的平原
檢閱牧神青青的儀隊
想牧神，多毛又多鬚
在哪一株甘蔗下午睡

雨落在屏東的西瓜田裏
甜甜的西瓜甜甜的雨
肥肥的西瓜肥肥的田
雨落在屏東肥肥的田裏
從此地到海岸
一大張河床孵出
多少西瓜，多少圓渾的希望
長途車駛過纍纍的河床
檢閱牧神纍纍的寶庫
想牧神，多血又多子
究竟坐在哪一隻瓜上

雨落在屏東的香蕉田裏
甜甜的香蕉甜甜的雨
肥肥的香蕉肥肥的田
雨落在屏東肥肥的田裏
雨是一首溼溼的牧歌

路是一把瘦瘦的牧笛
吹十里五里的阡阡陌陌
雨落在屏東的香蕉田裏
胖胖的香蕉肥肥的雨
長途車駛不出牧神的轄區
路是一把長長的牧笛

正說屏東是最甜的縣
屏東是方糖砌成的城
忽然一個右轉，最鹹最鹹
劈面撲過來
那海

——一九七二年一月三日於墾丁《白玉苦瓜》

悅讀簡訊

充滿旋律感、民謠風。

詩人創作理念「詩與音樂結婚，歌乃生」之具體實踐。

以南台灣代表性水果甘蔗、西瓜、香蕉入詩，歌詠屏東土壤肥沃、收成豐饒景象，一路甜蜜到底之際，「忽然一個右轉」，「最鹹最鹹」之海劈面撲來，全詩戛然而止，幽默的反高潮，極富撞擊效果。

堪稱余光中最甜的一首詩！

鄉土情懷溫馨可喜，曾選入國中國文課本，其誰曰不宜？

慈雲寺俯眺台北

千門萬戶重疊成好一堆惘然
紅塵也無所謂
煙火也無所謂
老病生死也無所謂
一聲木魚
敲寂了下面那世界

千竅豁然貫通，即始即終
無所謂從前
無所謂以後
無所謂戶籍確鑿吧現在
日落時

風把一炷香靜靜接去
如果有一拂飄飄的僧袖
四海隨我去雲遊
如果袖中有一隻葫蘆
寧可打酒
也不願把下面纖纖那世界啊
裝在裏頭

——一九六二年二月四日《白玉苦瓜》

悅讀簡訊

寫此簡訊之晨，我特別親赴圓通寺、慈雲寺，登高遙想詩人當年，在此俯眺台北心境。

兩寺相距約三百公尺，數分鐘可達。

因詩人母親骨灰曾寄存圓通寺，想詩人當日登慈雲，思慈母曾安奉於不遠之圓通，心生哀思，故首句乃曰「惘然」。

全詩意境略顯蕭索，與詩人自豪自信、當行本色之作甚異，應與思母情懷有關。

而距此詩後五十七年，登慈雲寺俯眺，腳下的台北，亦已不復詩人當日所言「纖纖世界」之貌了。

高雄港的汽笛

偶或，越過海氣陰寒的空間
遠遠地吹來一聲汽笛
沉痛的音調因重負而壓低
暗暗搖撼著整個港城
餘音不斷，牽動多少纜索與錨鍊
多少桅檣啊，和桅頂挑亂的眾星
像夜景變成了一片橫隔膜
在起伏的水面頻震
就知道重噸的貨櫃輪，又一艘
吃水深深，在進港或是出港了
鐵灰的舷影峭起如絕壁
下面追隨著匍行的小艇

從他渾厚的男低音裏
能想像肺活量有多駭人
孤獨的靈魂該慣於遠征
越不盡水藍的荒漠啊，東經又西經
低緯之後又高緯，穿過暗礁，冰山，險峽
流放到燈塔，水禽，與人魚的神話之外
去赴暴風雨之約，看天與海
爲一條灰濛濛的水平線
鬧翻了臉，在叛雲與逆浪之間
一場接一場捲進了決戰

聽，汽笛又響了，迴聲隱隱
繞過燈塔，沿著防波堤吹來
若是在進港，船啊，你一定很倦了
只求躲避外面的風波
若是出海呢，氣象台說

衛星圖上的氣壓很低
此去向北，會撞上惡劣的天氣

不過是一聲汽笛罷了
竟然觸動我腔膛的共鳴
想一艘船啊孤傲的靈魂
該屬於港灣呢或是海洋？
該繫於錨鍊或縱於波浪？
如果我，是這樣的一艘貨輪
吃水深深，曳著悲壯的汽笛
一道防波堤兩個世界
進來的安全和出去的冒險
究竟，該怎樣選擇？

——一九八六年九月十七日《夢與地理》

悅讀簡訊

汽笛、燈塔、貨櫃輪……在詩中出現，宣告余光中香港時期結束，高雄時期開始。

新經驗已消化爲新題材、新藝術，遂有「慣於遠征」「赴暴風雨之約」的自比與自喻。

渾厚的男低音，高雄港汽笛，不僅搖撼港城，更觸動了詩人「腔膛的共鳴」！

至於末段「港灣」和「海洋」、「進來的安全和出去的冒險」，隱喻迥異相反的人生路向。

該如何抉擇呢？

就留給讀者去思考了。

台南的母親

台南的母親
是一樹長青的大神榕
深根抱著台南的土地
密葉舉著台南的天空
我願做一隻小鳥
睡在她的樹蔭中

台南的母親
是一彎寧靜的安平港
手臂伸出防波的長堤
眼睛放出燈塔的亮光
我願做一隻小船

泊在她的水波上
台南的母親
是一座億載的古金城
城頭刻著悠久的歷史
城內笑著年輕的春天
我願做一個衛士
守在她的城門邊

——一九八八年四月《安石榴》

悅讀簡訊

此詩爲余光中應台南人士之請而寫。

大神榕・安平港・億載金城。爲台南名勝古蹟。

小鳥・小船・衛士。是可愛的想像，歸屬感之表徵。

爲余光中六十歲作品，書寫台南，冠以「母親」之名與意象。台南人當倍感溫暖、親切。

雨，落在高雄的港上

雨落在高雄的港上
溼了滿港的燈光
有的浮金，有的流銀
有的空對著水鏡
牽著恍惚的倒影
雨落在高雄的港上
早就該來的冷雨
帶來了一點點秋意
帶來安慰的催眠曲
把幾乎中暑的高雄
　輕輕地拍打
慢慢地搖撼

哄入了清涼的夢鄉
睡吧，所有的波浪
睡吧，所有的堤防
睡吧，所有的貨櫃船
睡吧，所有的起重機
所有的錨鍊和桅杆
睡吧，所有的街巷
睡吧，壽山和柴山
睡吧，旗津和小港
睡吧，疲勞的世界
只剩下半港的燈光
有的，密擁著近岸
有的，疏點著遠船
有的流銀，有的浮金
都靜靜地映在水面
一池燦燦的睡蓮
深夜開在我床邊

悅讀簡訊

夏末秋初，一場好雨，輕撫「中暑的高雄」。

燈光投影水上，浮金流銀，如一池睡蓮，開在詩人床邊，宛似莫內名畫。

當全高雄的人都入睡，唯余光中與高雄港醒著。

於是詩人乃輕聲低吟，寫就此小品。

安眠曲的旋律、節奏與形式。

寫活了一個微雨、恬適、幸福的高雄港之夜！

——一九八八年秋分前夕《安石榴》

西子灣的黃昏

幾隻貨櫃船出港去追趕落日
在快要追上的一刻
——甲板都幾乎起火了
卻讓那大火球水遁而去
著魔的船隻一分神，一艘
接一艘都出了水平界外
只剩下半截晚霞斜曳著黃昏
直到昏多於黃，洩漏出星光
敻遼的冷輝壁照著天穹
似乎在探索落日的下落
而無論星光怎樣地猜疑
或是濤聲怎樣地惋惜

落日是喊不回魂的了
這原是一切故事的結局，海說
朝西的窗子似乎都同意
只有不甘放棄的白堤
仍擎著一盞小燈塔，終夜
向遠方伸出長臂

——一九九一年九月二十八日《五行無阻》

悅讀簡訊

前一首詩回眸近岸，此詩遠眺港外。

詩人心中有一小劇場。

時間在推移。

色彩在變幻。

畫面在流動。

貨櫃、落日、星光，與濤聲！

西窗、白堤、燈塔，與大海！

都是默契十足的主角。

詩人，是編劇兼導演！

完成的內心戲，題曰——

西子灣的黃昏。

高雄港上

向那片蠱藍巫藍又酷藍，無極無終
伸出你長堤的雙臂
一手舉一座燈塔
向不安的外海接來
各色旗號各式名目的遠船
吞吐累累貨櫃的肚量
吃水邃深，若不勝長程的重載
遠洋的倦客踏波而來
俯仰更顛簸，歷盡了七海
進港的姿態卻如此穩重
船首孤高，傲翹著懸崖
後面矗一排起重機架

樓艙白晃的城堡，戴著煙突
駛過堤口時反襯得燈塔
纖秀而小，像一對燭台
一艘警艇偎在她舷下
若雞雛依依跟隨著母雞
就這麼儼然，岸然，她駛進了港來
修碩的舷影峨峨嵯嵯
像整排街屋在水面滑過
而如果有霧，或漁船擋路
一聲氣笛，你聽，她肺腑的音量
便撼動滿埠滿塢的耳鼓
一路掠水而來，直到我陽台
那一列以海景爲背景的盆景
都爲之共震，可以窺見
從海棠的綠深紅淺之間
銀灰色一艘巡洋艦，船首
白漆的三位數番號，炮影森嚴

與進港的貨櫃輪交錯而過
正驅向堤外的浪高風險
更外面，海峽的浩蕩與天相磨
水世界的體魄微微隆起
更遠的舷影，幻白貼著濛濛青
已經看不出任何細節了
隱隱是艨艟的巨舶兩三
正以渺小的噸位投入
衛星雲圖的天氣，眾神的脾氣

——一九九六年二月二十九日《高樓對海》

悅讀簡訊

海棠陽台。高雄港上。燈塔堤外。浩蕩海峽。體魄微微隆起的水世界……。

詩人視野一路向遠處、空闊渾茫處、海天盡頭處——

延伸。

壯闊神奇，乃一一驅遣入詩。

雨果說：

「比海洋遼闊的是天空，比天空遼闊的是人心。」

所指，正是如此面對汪洋之「蠱藍巫藍又酷藍」、如此「無極無終」之天地，靈思不絕的詩心。

而詩中，舉凡空間的移轉、細節的描繪、「海景・背景・盆景」的場景鋪陳，均值得細加品味。

你想做人魚嗎？

海洋生物博物館張臂說：
來吧，帶你去夢遊童話

你知道山高不及海深嗎？
你知道地廣不及海闊嗎？
你知道海量是怎樣的肚量？
你知道海涵是怎樣的涵養？
海神的財富是怎樣的祕藏？
究竟有多少珊瑚和珍珠
多少海葵和海星，多少水母
浮潛出沒，多少鯊魚和海豚？
當恐龍在陸上都成了化石

雄偉的大翅鯨，抹香鯨
在亮藍的高速公路上
卻迎風噴灑壯麗的水柱
吞吐著潮汐，鼓譟著風波
滿肚子沉船和鏽錨的故事
比記憶更深，海啊，比夢更神奇
海藻的草原，水族的牧場
波下的風景無窮無盡
你想做人魚來一窺隱祕嗎？
不用穿潛水衣，背氧氣筒
浪花的琉璃門一推就開了
下來吧，向陸地請假，來海底

——二〇〇〇年二月二十一日《藕神》

悅讀簡訊

連同標題，全詩八問句，勾起人好奇、探索之興趣。

明朗的意象、歡悅的語調，歌頌海洋世界，繽紛熱鬧，多彩豐富，充滿童趣。

此詩鐫刻於屏東縣車城鄉國立海洋生物博物館內。

在模擬海洋生態實景之館內，

自是——

不用穿潛水衣，背氧氣筒

浪花的玻璃門一推就開了。

台東

城比台北是矮一點
天比台北卻高得多
燈比台北是淡一點
星比台北卻亮得多
街比台北是短一點
風比台北卻長得多
飛機過境是少一點
老鷹盤空卻多得多

人比西岸是稀一點
山比西岸卻密得多

港比西岸是小一點
海比西岸卻大得多

報紙送到是晚一點
太陽起來卻早得多

無論地球怎麼轉
台東永遠在前面

——二〇〇七年三月三日《藕神》

悅讀簡訊

城矮、街短、燈淡、港小……雖是台東的客觀弱勢，但這後山濱海之城，每一個早晨，都比台北先接受陽光的祝福，故若與台北相較，余光中說，「台東永遠在前面」。

「在前面」，除表述日照先後外，更暗示在詩人心中，台東排名在台北之前，隱含詩人認爲台東優於台北的主觀評價，寓明確的弦外之音。

此外，歌謠的體裁、連鎖的形式、層層遞進的推論，不見技巧卻無一不是技巧的大師級功力！

一首極簡風格之詩，固是有趣的「雙城記」，卻更是不折不扣的台東頌！

鳳凰木頌

台南府，鳳凰木
高冠穹張成半圓
爲富麗的盛夏加冕
赤膽照人的花簇
染紅了多情的驪歌
一年一度的火炬啊
從記憶的深處傳來
向希望的遠方燒去
豐羽複葉梳風而飛舞
傳說傳來的鳳凰
從火浴中甦醒而新生
樹根的生機，像破土而出

樹頂的氣象，像自天而降
鳳尾森森，吐音細細
台南府，眞壯麗，有鳳來儀

——二〇一一年《太陽點名》

悅讀簡訊

八十三歲，繼〈台南的母親〉（P84）後二十三年，余光中第二首台南詩寫就。

以鳳凰木爲主題，焦點集中，南國風情鮮活生動，而——

一年一度的火炬啊
從記憶的深處傳來
向希望的遠方燒去

尤爲高度陽光取向、照人眼明之錦句！

台南人豈不鼓舞振奮？

又，次句中之「穹」以名詞作副詞用；詩末之「樹根・樹頂／破土而出・自天而降」和「森森・細細」之對比與對照，亦渾然天成，貼切自然。

此詩寫於二〇一一年。

二〇一四，鳳凰木獲選爲台南市樹，或與此詩有關？

蔬果物語

埔里甘蔗

無論是倒啖或者順吃
每一口都是口福
第一口就咬入了佳境
卻笑東晉的名士
嚼來還是太拘謹
而眞要啖得痛快
就務必冰得徹底
嚐到那樣的甜頭，幾乎
捨不得吐掉渣子
直到嚥最後的一口
還舔著黏黏的手指頭
像剛斷奶的孩子

看我，拿著甘蔗的樣子
像吹弄著一枝仙笛
一枝可口的牧歌
每一節都是妙句
用春雨的祝福釀成
和南投芬芳的鄉土
必須細細地咀嚼
讓一股甘冽的清泉
從最深的內陸
來澆遍我渴望的肺腑
冰箱卻冷冷地宣佈
已經，是最後一枝

但向北的高速公路
羊蹄甲，木棉花
發得正豔的西螺站頭

還有一千枝，一萬枝
——我的一千五喜美銀馬
躍躍在樓下回答

後記：東晉大畫家顧愷之倒啖甘蔗，自謂「漸入佳境」。我在西螺休息站買的埔里甘蔗，卻一節節去皮削好，無須漸入。南投是台灣唯一的內陸縣，台灣之有南投，正如人體之有肺腑。一千五喜美銀馬，是指一千五百西西的銀色喜美汽車。末二句的意思，是說作者恨不得立刻開車去西螺站，再買一袋甘蔗回來。一九八六年四月於西子灣。

——《安石榴》

悅讀簡訊

東晉畫家顧愷之倒啖甘蔗，始漸入佳境。

但埔里甘蔗，詩人說，第一口便咬入了佳境！

購自西螺休息站，全詩盛讚這來自南投芬芳鄉土、用春雨祝福釀成的「可口的牧歌」。

酣暢滿足的心情，意猶未盡的喜悅，甜蜜歡快的幸福感！

「每一口都是口福」一句，尤充滿無比的欣幸、讚嘆與感恩。

蓮霧

非水上之蓮或空中之霧
低頭穿過矮矮的叢樹
卻拂下一身的落花
纖細的白蕊紛飛如雨
花名雖然飄逸而浪漫
樹身卻是易孕而多子
滿園甜津津的負荷
把不勝的枝柯壓得彎彎
仙人的野餐探手可擷
不用杯盤也不用煙火
春分才過了呢，怎麼
懸掛的口福已纍纍成串？

密葉的青翠覆蓋繁果的淺紅
透過隙縫，想外面的天空
該是低垂的清明了吧
一聲撲落，寂寞嚇了一跳
想不久這滿樹的黑珍珠
帶著屏東田園的祝福
將盛在青花的白瓷缸裏
——鹽水剛剛浸過
而發出最大的誘惑，對喉舌
和最小的抵抗，對牙齒
刷地一口咬下，勢如破竹
滿嘴爽脆的清香，不膩，不黏
細細地嚼吧，慢慢地嚥
莫錯過這一季幸運的春天
泥土的恩情，陽光的眷顧
和一雙糙手日夜的愛撫

——一九八八年三月二十三日《安石榴》

悅讀簡訊

從樹到花。

從春分到清明。

從壓彎的枝柯到青花的白瓷缸。

從「對喉舌最大的誘惑」到「對牙齒最小的抵抗」。

帶著屏東田園祝福的黑珍珠，讓享用這美麗果實的人，擁有了「一季幸運的春天」！

該由衷感謝的，豈不是——

「泥土的恩情，陽光的眷顧／和一雙糙手日夜的愛撫」？

一首歌詠本土水果的詩，充滿如此豐富的情感意涵與美學密碼，實宜乎細品。

南瓜記

客自屏東來，抱來了這麼一大隻
胖敦敦的南瓜，說他家的果園
太陽每天從蓮霧樹的後面升起
傍晚，就落入低低的菜田
這一隻，他指指餐桌上
那龐然大物，是昨晚的落日變成
說著，他敲響斑斕的果皮
要我聽聽晚霞的笑聲
他家的果園我曾經去過
花香，果味，和肥料的氣息
都令我著魔，像童話的封面
把外面的世界隔開，而後園

蔓莖牽連，心形的密葉下
臥著纍纍的南瓜，午寐未醒
遠處咕咕的布穀，近處
嗡嗡的蜜蜂，都充耳不聞
那天正是春分，空氣微醺
南部早熟的太陽，愈晚愈重
一頭就栽進了南瓜田裏
陷入滿網的交莖亂藤
那件事，晚霞可以作證

客人走後，剩下我獨對著南瓜
對著坦然的肥碩出神
這重磅的泰然壓著餐桌
渾然不覺有一把菜刀
高高地舉起，會攔腰一剖
做明日的午餐。 我雙手捧起
好沉啊，這季節的厚禮

掂一掂份量有多隆重
而慈愛的土地啊那麼久了
不計較我們的蹂躪與污染
仍然這麼一胎又一胎
不吝惜她的無盡關懷
眼前這一胎奇異的南瓜
就一直蜷在她懷裏長大
且伸出那許多貪嘴的爬藤
一天天，向她吮吸著乳汁
膨脹成大地一般的形象
——厚殼也像她一般渾圓
蛙綠的底色灑滿了黃斑
沙土的條紋交匯於瓜蒂
像東經，西經，輻湊在兩極
大地的寵子，每一隻都烙上
母親遺傳的美麗胎記

我捧在手裏出神地端詳
把它，自轉一般地，慢慢推轉
青綠的大水球不就像這樣
在寂寞的太空悠悠地迴旋？
落日一年落三百多隻，究竟
你是否昨晚的那隻變成？
傳說與童話若要分曉
要問這悶葫蘆，這特大號
肚裏藏的是什麼瓜子
嚼不盡的瓜子津津有味
孕了滿滿這一大肚子
下次，屏東的鄉下客進城
該請他來嗑瓜子，一面燃起
挖成人臉的南瓜燈
說灰姑娘坐金馬車的故事

附註：南瓜屬於葫蘆科。

——一九八八年三月二十九日《安石榴》

悅讀簡訊

敘事詩形式。

書寫一隻碩大飽滿南瓜的形貌、身世、詩人與之相遇的故事、屏東客熱情分享之善意，以及可預見的兩人美好情誼之持續。

全詩以南瓜與落日，甚至地球聯想，復感恩「慈愛的土地」，不計較人類的「蹂躪與污染」，竟贈以如此「季節的厚禮」！

簡言之，以一枝生動靈活之筆，娓娓道來，鋪敘南瓜種種，充滿童話色彩，是層次多元豐富的蔬果詩與田園詩。

荔枝

不必妃子在驪山上苦等
一匹汗馬踢踏著紅塵
奪來南方帶露的新鮮
也不必詩人貶官到嶺外
把萬里的劫難換一盤口福
七月的水果攤口福成堆
旗山的路畔花傘成排
傘下的農婦吆喝著過客
赤鱗鱗的虬珠誘我停車
今夏的豐收任我滿載
未曾入口已經夠醒目
裸露的雪膚一入口，你想

該化作怎樣消暑的津甜
且慢，且慢，急色的老饕
先交給冰箱去祕密珍藏
等冷豔沁澈了清甘
脫胎換骨成更妙的仙品
使唇舌興奮而牙齒清醒
一宿之後再取出，你看
七八粒凍紅托在白瓷盤裏
東坡的三百顆無此冰涼
梵谷和塞尚無此眼福
齊璜的畫意怎忍下手？

——一九八八年七月三十一日《安石榴》

悅讀簡訊

以旗山點出所詠爲南台灣荔枝。

全詩訴諸視覺、味覺與觸覺。

楊貴妃、蘇東坡之典故，爲此水果鋪敘，增添歷史縱深。

點名梵谷、塞尚、齊白石，則極寫「七八粒凍紅托在白瓷盤裏」色彩之美。

一首簡單的水果詩，因之顯得趣味活潑，意涵豐富。

詩人蘊藉深厚，此詩正可見一斑。

卷二　星空，非常希臘

日常風景

登圓通寺

用薄金屬鍾成的日子
屬於敲打樂器
不信，你可以去叩地平線

這是重陽，可以登高，登圓通寺
漢朝不遠
在這聲鐘與下聲鐘之間

不飲菊花，不佩茱萸，母親
你不曾給我兄弟
分我的哀慟和記憶，母親

不必登高，中年的我，即使能作
赤子的第一聲啼
你在更高處可能諦聽？

永不忘記，這是你流血的日子
你在血管中呼我
你輸血，你給我血型

你置我於此。災厄正開始
未來的大劫
非雞犬能代替，我非桓景

是以海拔千尺，雲下是現實
是你美麗的孫女
雲上是東漢，是羽化的母親

你登星座，你與費長房同在

你回對流層之上
而遺我於原子雨中，呼吸塵埃

——一九六一年重九，三十四歲生日《五陵少年》

悅讀簡訊

余光中三十歲時，慈母去世，終生懷想，曾寫過多首憶亡母之作，此詩即爲其一。

圓通寺在今新北市中和，爲其母骨灰最初奉存地。

此詩寫於詩人三十四歲生日·重陽節，故有費長房、菊花、茱萸、登高、東漢、桓景、雞犬等相關典故。

全詩寫思親情懷，更歎現實人生艱難，而天人永隔，再無慈母可以傾訴、依靠，只能獨自承擔。

至於在形式上，則出以樸素節制的三行體，刻意呈現「古典的冷靜感」，爲余光中早年號稱「藝術的多妻主義者」時期之作。

一枚銅幣

曾經緊緊握一枚銅幣，在掌心
那是一家燒餅店的老頭子找給我的
一枚舊銅幣，側像的浮雕已經模糊
依稀，我嗅到有一股臭氣
一半是汗臭，一半，是所謂銅臭
上面還漾著一層惱人的油膩
一瞬間我曾經猶豫，不知道
這樣髒的東西要不要接受
但是那賣油條的老人已經舉起了手
無猜忌的微笑盪開皺紋如波紋
而我，也不自覺地攤開了掌心
一轉眼，銅幣已落在我掌上

沒料到，它竟會那樣子燙手
透過手掌，有一股熱流
沸沸然湧進了我的心臟。　不知道
剛才，是哪個小學生用它買車票
哪個情人用它來卜卦，哪個工人
用污黑的手指捏它換油條
只知道那銅幣此刻是我的
下一刻，就跟隨一個陌生人離去
我緊緊地握住它，汗，油，和一切
像正在和全世界全人類握手
一直以爲自己懂一切的價值
百元鈔值百元，一枚銅幣值一枚銅幣
這似乎是顯然又顯然的眞理
但那個寒冷的早晨，我立在街心
恍然，握一枚燙手的銅幣，在掌心

——一九六八年六月二日《在冷戰的年代》

悅讀簡訊

一枚油髒臭舊的銅幣，令詩人強烈感到「一股熱流」的傳達，湧生「和全世界全人類握手」之想。

哎，意外溫馨的冬日早晨！

美好可感的人間情意！

精彩生動的銅幣演義！

暖意瀰瀰的事件鋪敘！

如此啓人深思的日常感悟、情懷激盪的詠物詩！

曾被選爲國文教材，同樣，也是一件何其美好之事啊！

淡水河上

淡水河淡淡流過你眼睛
河上是雨，雨中是燈火
黃濛濛溫溫馴馴的燈火，一盞
偎在你髮上，一盞，在耳旁
更三三五五你眼睛裏盪漾
淡水河淺淺流過你眼睛
清明頭，端午尾，難斷這寒霏霏
島上的歲月常在雨裏
蛙聲蟬韻最後一個暑假
淡水河悠悠流過你眼睛

雨失落在河裏，河呢，失落在海裏

無端失落的總似最美麗
多少眼眸失落在他鄉
年年此際向東飛，走多少孩子
夜蛙畫蟬空留這城市
攫你去風上雲上，一吼七四七
浩浩看太平洋，滾滾看密西西比
狂藍狂瀾洶打你驚駭
的眼眸，島在夢裏
淡水河淡淡流過你眼睛

——一九七五年六月十一日《與永恆拔河》

悅讀簡訊

雨夜，初夏，波光，燈影，離台前最後一個暑假。

眼眸，他鄉，七四七，太平洋，留學生穿越風雲東飛尋夢。

全詩前半溫柔朦朧，後半傷感失落。

淡水河，是風景，是見證，也是即將啓程負笈留美的「你」——未來鄉愁的背景啊！

夜遊龍山寺

一尺半高的朽木老門檻
　　提起腳跟
才跨進乾隆的年代
狹長的杉木桌，裂痕累累
　　九個漢人
在條凳上四下裏坐開
柱後蹣蹣的是守廟的老媪
　　文山包種
一壺五小盅端來了兩盤

茶香冉冉，緣石柱而上升
　一角簷外
幾閃疎星在海風裏浮沉
青釉的一排盆栽下蜷睏著
　嬌小的花貓
佛燈闌珊，觀音也睡了
珊珊卻說，還沒有睡著呢
　從香案側面
笑吟吟抽了張籤詩下階來
是終身大事吧，懷民嚷嚷
　這觀音最準
珊珊說那是她跟觀音的祕密
笑聲一定驚動那銅鐘了

清玄一正色
說了句「神明之前無戲言！」
猛一回頭，神荼，鬱壘
一左一右
正袍甲森森鄙睨著我們

附記：八月八日夜裏，和懷民同遊淡水的龍山寺，寺齡兩百歲，兼營茶座，香客寥寥。同坐尚有薇薇夫人、殷允芃、林柏樑、林清玄和他的新娘等，我存和珊珊，共為九人。

——一九七九年八月十四日《隔水觀音》

悅讀簡訊

朽木門檻。杉桌裂痕。守廟老嫗。青釉盆栽。闌珊佛燈。冉冉茶香。蜷睏花貓。

——何其平淡、平常、平靜的龍山寺之夜！

籤詩的敘述，巧妙營造趣味、戲劇感，是夜遊龍山寺高潮，與令人微笑的句點。

三行一節，輕鬆的形式，最宜寫此生活札記。

又，珊珊是詩人長女，附記中之我存，是詩人愛妻。

隔水觀音

——淡水回台北途中所想

依舊是河聲入海，車聲進城
　輪滾現代
　水歸永恆
依舊是水枕一覺的側影
依舊是最美的距離——對岸
　河流給岸看
　岸分給人看
行人看十里的妙相曼顏
隔水膜拜——目拜已半生

出城是左顧
回程是右眄
波際依稀是紫竹的清芬

三十年，在你不過是一炷煙
倦了，香客
老了，行人
映水的纖姿卻永不改變

伸手可及？　難忘黛髻與青鬟
即遠在海外
即恍在夢中
仍安慰我異鄉一夕的驚魘

讓高速公路在遠方呼嘯
嘯響現代
嘯醒未來

且拍你千年的小寐吧，海濤
讓行人都老去，只要你年輕
讓地靈水怪
讓一切貪頑
都俯首你普渡的悲憫
讓我心隨洲上的群鷺
上下涉水
來回趁波
像一片白煙依戀在古渡
你無所回應，卻無不聽聞
喃喃的私禱
默默的請求
你一定全許了我吧，觀音？

——一九七九年八月十五日《隔水觀音》

悅讀簡訊

余光中一生寫過三首觀音山詩

——

寫於三十四歲的〈觀音山〉（《蓮的聯想》）。

五十一歲的〈隔水觀音〉。

七十九歲的〈飛過觀音山〉（P158）。

本選集選二、三兩首。

此詩四句一段，每段設計成人在水岸間行進的形式，而詩人是從「最美的距離」眺觀音山，寫其「隔水膜拜」之心情與感懷——

虔敬、欣慰、依戀、微慨，而終歸於寬柔平和。

波光隱隱，餘音裊裊，掩卷令人低徊。

縠雨書

縠雨酥酥，出門一步就江湖
一把美濃的油紙傘
撐起了低低的鷓鴣天
淅瀝瀝點點滴滴清明到端午
和平東路剛剛才下午
廈門街側側斜斜的巷子
怎麼已經探進了薄暮？
而一到了夜裏，鄰里寂寂
凡有樓的都上了樓去
凡有燈的都守在燈旁
凡有窗的都放下了窗紗
而凡是寫信的呢，都朝著遠方

——更何況，此刻已夜深
窗紗低垂，燈在樓上
寫信的人正守在燈旁
信呢是愈寫愈深長，像這雨巷
只因爲，巷底的郵筒說
　你在遠方

——一九八一年五月十二日《隔水觀音》

悅讀簡訊

穀雨時節所寫之家書，與情書。

因香港中大休假一年，詩人返台任師大英語系主任，愛妻仍在香港，故有此詩。

疊字「酥酥、低低、側側、斜斜、淅瀝瀝點點滴滴」，予人雨珠連綿之感。

和平東路與下午、廈門街與薄暮，兩相並提，將時間空間化，唯文字魔術師能之。

後半段，樓、窗、燈、信、人、遠方，錯落交織，迴文趣味象徵情意綿綿，帶出細膩層次感，尤餘韻不絕。

聽蟬

知了知了你知不知
在我午夢的邊邊上
是誰，一來又一往
拉他熱鬧的金鋸子
鋸齒鋸齒又鋸齒
在我院子的邊邊上

知了知了你知不知
島上的夏天有多長
多長是夏天的故事
鋸齒鋸齒又鋸齒
拉你天眞的金鋸子

試試夏天有多長

知了知了你知不知
島上的巷子有多深
多深是巷子的故事
拉你稚氣的金鋸子
鋸齒鋸齒又鋸齒
試試巷子有多深

知了知了你知不知
去年夏天是哪一隻
歡迎我回到古亭區
鋸齒鋸齒又鋸齒
拉他興奮的金鋸子
迎接我回到古亭區

知了知了你知不知

同樣是刺刺又嘶嘶
去年聽來是迎接
拉你依依的金鋸子
鋸齒鋸齒又鋸齒
今年聽來是惜別

知了知了你知不知
永恆的夏天多永恆
夏天的後面是秋季
鋸齒參參又差差
可憐短短的金鋸子
只怕拉不到秋季

知了知了你知不知
秋季來時這空巷子
不見我也不見你
歇了，熱鬧的金鋸子

斷了，鋸齒與鋸齒
秋季來時這空巷子

——一九八一年六月三十日離台前夕於廈門街《隔水觀音》

悅讀簡訊

香港中大休假期滿，離台前夕寫於台北古亭區故居。

視夏蟬為密友，故依依向「你」傾訴、道別。

筆尖飽蓄感情，更寓惆悵難捨之意。

全詩富音樂性與節奏感，金鋸子意象鮮明，將聲音形象化，是訴諸視覺、更高度訴諸聽覺的詩。

此詩後二十九年，余光中八十二歲，於高雄「左岸」自宅亦曾賦〈蟬聲〉（《太陽點名》）一詩。雖晚年重聽，但蟬聲隱隱，「夏天在野外叫我」，遲暮歲月，壯心未已，仍充滿了昂揚躍動之情。

停電夜

像對著生日蛋糕
要吹滅所有的紅燭
過境的風神一口氣
吹滅了這港城
遠遠近近的燈光

苦坐在黑暗裏
才想起廚房的抽屜
根本找不到蠟燭了
哪怕是短短一截
來烘托古典的西窗

何況你回去了北方
只留下我在南部
獨聽著壽山的夜雨
落在山上和山下
落了滿滿一海峽

要是你在我身邊
又何須燈光，燭光呢？
正好，像洪荒的伴侶
把一切都還給黑夜
只剩原始的觸覺

你偏在颱風的對面
不讓我今晚做一個
唐末或史前的男人
電筒跟火柴都沒有
只能在暗裏坐困

只能坐困在暗裏
一個守洞的野人
不知道用什麼石器
不知道什麼是火
等吧，等燧人氏誕生

——一九八六年九月十九日《夢與地理》

悅讀簡訊

余光中一生寫過八首颱風詩，此爲第五首。

其時詩人居高雄，愛妻赴香港，強颱過境，故有此獨對風雨，坐困黑暗，束手無策之私房詩。

西窗之燭，令人聯想李商隱七絕〈夜雨寄北〉。

「洪荒的伴侶」、「原始的觸覺」、「史前的男人」、「守洞的野人」，於幽默中別饒官能暗示。

全詩近乎孩子氣的抱怨，令人忍俊不禁。

既是颱風詩，也是鶼鰈情深之趣詩。

初夏的一日

清風從海峽上吹來
帶來海涼的水氣
當露台泠然向風
樓頭輕快如船頭
幻覺我就要飛起

好天氣是神的好脾氣
季節已逼近端午
還不肯就滂沱入梅
卻向眼前的仙鏡裏
揭開海天的奇蹟

青空虛臨著碧海
一線把水平中分
吹盡了雲霧和灰塵
讓我自由的肺葉
飄揚成一隻風箏

當紅塵滾滾的毒氛
困住台北的圍城
爲何高速路的這頭
初夏在肌膚上
滑溜溜好像初秋

一下午電話無話
涼鞋靜對著竹椅
若遠方的朋友問起
就說像一杯冰水
盛在剔透的玻璃

而入夜之後呢，月光
淨化了天上，海上
連同滿港的燈火
終夕都浮在空際
是旗津內外的船舶

——一九九一年六月二日《五行無阻》

悅讀簡訊

自午至夜。
露台上迎風面海。
思慮澄淨。電話無話。涼鞋靜對竹椅。
初夏的一日，恬淡清寧。
「像一杯冰水／盛在剔透的玻璃」。
與王維「一片冰心在玉壺」遙相呼應。
空靈令人神往！
而形式與意涵，五句一節的平穩節奏與初夏淡定自在的心境，配合貼切，尤爲巧妙的佈局與設計。

與海為鄰

與海爲鄰
住在無盡藍的隔壁
卻無壁可隔
一無所有
卻擁有一切

最豪爽的鄰居
不論問他什麼
總是答你
無比開闊的一臉
盈盈笑意

脾氣呢當然
不會都那麼好
若是被風頂撞了
也眞會咆哮呢
白沫滔滔

絕壁，燈塔，長堤
一波波被他笞打
所有的船隻
從舴艋到艨艟
都拿來出氣

有誰比他
更坦坦蕩蕩的呢？
有誰又比他隱藏著
更富的珍寶
更深的祕密？

我不敢久看他
怕蠱魅的藍眸
眞的把靈魂勾去
化成一隻海鷗
繞著他飛

多詭詐的水平線啊
永遠找不到線頭
他就躲在那後面
把落日，斷霞，黃昏星
一一都盜走

西班牙沉船的金幣
或是合浦的珍珠
我都不羨慕
只求做他的一個

小小鄰居

只求他深沉的鼾息
能輕輕搖我入夢
只求在岸邊能拾得
他留給我的
一枚貝殼

好擱在枕邊
當作海神的名片
聽隱隱的人魚之歌
或是擱在耳邊
曖昧而悠遠

——一九九六年二月十四日《高樓對海》

悅讀簡訊

水藍浩渺的一首詩！

描繪大海性格，和「住在無盡藍隔壁」的至福與奇緣。

詩分十段，每段五行，句式整齊，形成類如海浪拍岸之規律節奏。

文字則波瀾壯闊，收卷自如，充滿愛悅敬慕和對海的深情。

詩末三個「只求」，顯示了詩人面對大海的謙卑；「海神的名片」，奇思妙想，尤令人莞爾！

余光中另有〈海是鄰居〉一詩（《五行無阻》），汪洋恣肆，爲詩人與海故事另一章，可參照悅讀。

高樓對海

高樓對海，長窗向西
黃昏之來多彩而神祕
落日去時，把海峽交給晚霞
晚霞去時，把海峽交給燈塔
我的桌燈也同時亮起
於是禮成，夜，便算開始了
燈塔是海上的一盞桌燈
桌燈，是桌上的一座燈塔
照著白髮的心事在燈下
起伏如滿滿一海峽風浪
一波接一波來撼晚年
一生蒼茫還留下什麼呢？

除了窗口這一盞孤燈
與我共守這一截長夜
寫詩，寫信，無論做什麼
都與他，最親的夥伴
第一位讀者，就近斟酌
遲寐的心情，紛亂的世變
比一切知己，甚至家人
更能默默地爲我分憂
有一天，白髮也不在燈下
一生蒼茫還留下什麼呢？
除了把落日留給海峽
除了把燈塔留給風浪
除了把回不了頭的世紀
留給下不了筆的歷史
還留下什麼呢，一生蒼茫？
至於這一盞孤燈，寂寞的見證
親愛的讀者啊，就留給你們

悅讀簡訊

自述長夜不寐情懷。

是深情詠燈之詩，也是了解詩人心靈面貌、精神活動，不可不讀之自畫像詩。

燈，是詩人「桌上的一座燈塔」、「第一位讀者」、「最親的夥伴」、「寂寞的見證」。

詩人，則是燈暉脈脈、濤聲隱隱中的筆耕者，真誠熱情、寂寞蒼茫、悲欣交集，獨與天地精神相往來。

如今，白髮已不在燈下，一盞孤燈，見證寂寞，留下的，是豐美可觀的創作成果。

若從余光中千首詩群中，選出最具代表性的十帖作品，此詩絕對應予入列。

——一九九八年二月二日《高樓對海》

飛過觀音山

每次要降落在松山
機翼斜時就驚喜
菩薩的臥姿眞曼妙
像乘著蜻蜓點水
凌波將綽約飛繞

無比奇麗的雕品
多少朝山者的眼神
在水天之間，順著
豐盈而變幻的體態
與山勢共轉過來

聞說你三十有二相
不變是慈悲的心腸
十萬億佛土外
任誰仰呼你法名
立地都能得接引

我在西子灣的龕頭
長供你高貴的立姿
曾想把聖體橫放
如關渡隔水的模樣
卻不敢妄瀆造次

而不論是立，是臥
在不解惜福的亂世
也只有跪地祈求
你千臂能伸一指
或千眼能投一瞥

或許，這福島還可救

——二〇〇七年七月二十一日《藕神》

悅讀簡訊

如前所述（p137），余光中一生寫過三首觀音山詩。

三詩均形式工整，藉景抒情。

第一首浪漫唯美，第二首滄桑寄慨，此第三首則從個人感懷延伸至「不解惜福的亂世」，別具大我意識。

浪漫青年．哀樂中年．寂淡晚年。

三首觀音山詩，情懷各異而均詩藝獨造。

建議蒐齊並讀。

黃金風鈴

黃金風鈴，是誰所命名
是誰，在河堤左岸
一夜間將金鈴搖醒
金鈴叮噹，叫醒了
我們飢餓的眼睛
都出來陽台上張望
指認迎春的旌旗
忽然在驚蟄後趕來
來等待太陽點名
肆無忌憚的豔黃
後期印象派所揮霍
怎能不趕快

下八樓去親近
一樹樹，天真的奇蹟
一簇簇，唯美的陽傘
緋紋並織著五瓣
探入含羞的蕊心
問你是誰呢，黃金風鈴

——二〇一三年四月十三日《太陽點名》

悅讀簡訊

余光中晚年所居高雄「左岸」大廈堤畔，植有數株黃金風鈴。

仲春花開，優雅清麗的姿彩形影，喚醒詩人渴美的眼睛。

詩人於陽台張望後，自八樓坐電梯而下，一親芳澤，因有此詩。

寫於八十五歲。

是一帖日常風景，也是詩人最後一首花卉詩。

佛光山一夕

初八的山月，一盞
淡金的長明燈
就那麼供在
佛陀坐姿的面前
任雲紗拂撩

在傘蓋的樹香下
樹的名字，滿益說
叫雀榕，青果細密
卻瞞不了
附近的栖鳥

永芸說，在此高栖
會看淡高雄的紅塵
似是前生的記憶
且莫急於
再向那下界投胎

夜色漸深
蛙噪有一點放肆
卻難掩谷底
有水聲泠泠
一路來告密

永芸笑道
此即法水長流
我說，月有虧有滿
也不妨當作
法輪長轉

月色正好，露水不重
回空房誰能甘心
況且佛陀，祂
也還沒歇呢，期刻印
正合著與願印

後記：重九前夕，效桓景故事，偕家人（我存、幼珊）及弟子（黃秀蓮）上佛光山登高，宿於紫竹林精舍。佛陀紀念館，塔影巍巍，法相儼然，盡來眼底。益以月色，伴以永芸法師與滿益法師之娓娓清談，此境此緣，若不入詩，豈不空朝寶山。

——二〇一三年十月十二日《太陽點名》

悅讀簡訊

詩人記八十五歲生日（重九）前夕，上佛光山，與永芸、滿益法師月夜清談事。

祥和自在，法喜充滿。

是詩人作品中少見富宗教情懷與意識的詩。

「栖」，音、義皆同「棲」。

期剋印表金剛不二智慧。

與願印象徵慈悲，寓眾生祈願能實現之意。

全詩以此作結，華枝香滿，天心月圓，佛光山一夕，何其清淨可喜！

記憶深長

記憶像鐵軌一樣長
像山線的隧道一樣深
像海線的窗景一樣遠
車站有短靠也有長靠
月台有長亭也有短亭
揮手有送別也有歡迎
便當有排骨和黃蘿蔔
點心有鳳梨酥和太陽餅
到站會重重喘一口氣
出發會筋骨一下子抽緊
一聲長嘯拖一道黑煙
枕木在風火輪下呻吟

未來的鐵軌當更快捷
一票就貫通地下的關節
但南來北去的乘客啊誰會
忘記從前趁車多趁心

——二〇一三年十一月十七日《太陽點名》

悅讀簡訊

藉縱貫鐵路書寫國民集體記憶。

山線與海線。

鳳梨酥與太陽餅。

黃蘿蔔與排骨便當。

何等親切溫暖的日常風景，歲月寫眞！

誠如詩人所言，未來交通工具當更快捷。

但懷舊的心，卻不因此而有所更易。

記憶，是的，美麗島這「南來北去」的古早記憶——

像鐵軌一樣長！

人文采風

重上大度山

姑且步黑暗的龍脊而下
用觸覺透視
也可以走完這一列中世紀
小葉和聰聰
撥開你長睫上重重的夜
就發現神話很守時
星空，非常希臘

小葉在左，聰聰在右
想此行多不寂寞
燦亮的古典在上，張著洪荒
類此的森嚴不屬於詩人，屬於先知

看諾，何以星隕如此，夜尚未央
何以星隕如此

明日太陽照例要昇起
以六十哩時速我照例要貫穿
要貫穿縱貫線，那些隧道
那些成串的絕望
而哪一塊隕石上你們將並坐
向攤開的奧德賽，嗅愛琴海
十月的貿易風中，有海藻醒來
風自左至，讓我行你右
看天狼出沒
在誰的髮波

——一九六一年十月十二日《五陵少年》

悅讀簡訊

余光中有多首題贈詩人楊牧之詩，或語出幽默如〈調葉珊〉（《白玉苦瓜》），或相與期勉如〈白即是美〉（《與永恆拔河》），是爲文人相重。

此詩爲余光中早歲作品，寫於三十三歲，其時正於東海大學兼課，楊牧則猶爲東海學生。全詩濃厚抒情，筆調年輕，風格浪漫，「星空，非常希臘」結合神話背景、唯美象徵，爲早年引起高度注目、熱議的名句，傳誦至今。

此外，大度山亦稱大肚山，東海大學在其東側，故詩以此爲名。

小葉是余光中暱稱楊牧，因楊牧早年筆名葉珊。聰聰爲楊牧前妻陳少聰，時爲東海大學外文系學生。

寄給畫家

他們告訴我，今年夏天
你或有遠遊的計劃
去看梵谷或者徐悲鴻
帶著畫架和一頭灰髮
和豪笑的四川官話

你一走台北就空了，吾友
長街短巷不見你回頭
又是行不得也的雨季
黑傘滿天，黃泥滿地
怎麼你不能等到中秋？

只有南部的水田你帶不走
那些土廟，那些水牛
而一到夏天的黃昏
總有一隻，兩隻白鷺
彷彿從你的水墨畫圖
記起了什麼似地，飛起

——一九八一年五月二十八日夜於廈門街的雨巷《隔水觀音》

悅讀簡訊

席德進，台灣現代重要畫家，常以南台風土人物如農夫、水牛、稻田、白鷺、廟宇入畫。

余光中爲席德進好友，一九八一年五月二十七日，席德進因胰臟癌入台大醫院，情況嚴重，余光中次日乃寫此詩寄贈，寓肉身脆弱，藝術不朽之意，末句則暗示其畫無比傳神生動。

惜畫家不敵病魔，八月間去世。翌年余光中另撰〈你仍在島上——懷念德進〉（《紫荊賦》）追思之。

與李白同遊高速公路

剛才在店裏你應該少喝幾杯的
進口的威士忌不比魯酒
太烈了，要怪那汪倫
擺什麼闊呢，儘叫胡姬
一遍又一遍向杯裏亂斟
你該聽醫生的勸告，別聽汪倫
肝硬化，昨天報上不是說
已升級為第七號殺手了麼？
剛殺了一位武俠名家
你一直說要求仙，求俠
是崑崙太遠了，就近向你的酒瓶
去尋找邋遢俠和糊塗仙嗎？

——啊呀要小心，好險哪
超這種貨櫃車可不是兒戲
慢一點吧，慢一點，我求求你
這幾年交通意外的統計
不下於安史之亂的傷亡
這跑天下呀究竟不是天馬
跑高速公路也不是行空
速限哪，我的謫仙，是九十公里
你怎麼開到一百四了？
別再做遊仙詩了，還不如
去看張史匹堡的片子
——咦，你聽，好像是不祥的警笛
追上來了，就靠在路旁吧
跟我換一個位子，快，千萬不能讓
交警抓到你醉眼駕駛
血管裏一大半流著酒精
詩人的形象已經夠壞了

批評家和警察同樣不留情
身分證上，是可疑的「無業」
別再提什麼謫不謫仙
何況你的駕照上星期
早因爲酒債給店裏扣留了
高力士和議員們全得罪光了
賀知章又不在，看誰來保你？
——六千塊嗎？算了，我先墊
等「行路難」和「蜀道難」的官司
都打贏之後，版稅到手
再還我好了：也眞是不公平
出版法哪像交通規則
天天這樣嚴重地執行？
要不是王維一早去參加
輞川污染的座談會
我們原該
搭他的老爺車回屏東去的

——一九八五年十一月十三日《夢與地理》

悅讀簡訊

以天馬行空之筆，虛擬與詩仙李白，同遊一名喚幽默與趣味的高速公路。

超現實色彩濃厚，卻於時空交錯、今古交融間，影射了社會現實問題——酒後開車、無照駕駛、違規超速、躲避警方臨檢、出版法執行不力、國民健康隱憂、河川污染等。

多處用典，但不冷僻，於《唐詩三百首》中不難找到線索。

「看張史匹堡的片子」意指看部史匹柏電影，「張」是早年用法。至於死於肝硬化之武俠名家則是古龍。

全詩浮想聯翩，快意奔馳。

想詩人當初紙上振筆疾書，亦必飆得痛快過癮！

聽容天圻彈古琴

七弦泠泠，十指輕輕
才起更落，拂罷還攏
向龍眼樹下的午夢
召來一片古穆的琴音
有的，滑下了青苔
有的，飄落在石階
有的，被山風帶走
有的，隨澗水流去
還有一些更加悠揚的
就伴著宛轉的爐煙
　上升而迴旋
穿過滿樹初結的龍眼

越飄越淡，越飛越遠
化作六龜一帶的晚涼

——一九八八年五月十六日寫於六龜蘭園之臨流台，
主人為林琴亮先生《夢與地理》

悅讀簡訊

容天圻是一位工書畫、精古琴的藝術家，生前居於高雄。

此詩寫余光中應邀至高雄六龜鄉蘭園某文人雅集，聽其彈古琴事。

全詩藉滑下、飄落、帶走、流去、上升、迴旋、穿越等動作想像，帶出空間的推移、時間的流動、田園景致的呈現；復大量使用比並、對仗手法，與宛轉悠揚的琴音呼應。

細加品味，同樣也是一首宛轉悠揚的詩。

隔一座中央山脈

——空投陳黎

就像發球一樣
隔了一整座中央山脈
你從早餐桌上
發過來一枚朝暾
等我接到時
已變成海峽的落日
灼灼，仍感到餘溫

到夏天你也會
從東岸的前衛
發過來一陣颱風

太平洋怪胎的撒潑
等我接到時
風頭已變成風尾
呼呼，仍感到餘威

有時你會即興
從邃祕的海底
發過來一排地震
菲律賓板塊的推擠
等我接到時
六級已變成二級
轟轟，仍感到餘勢

現在該我發球
隔了一整座中央山脈
看我把餘溫，餘威，餘勢
收攏在如來的掌心

只吹一口氣
就變成一隻回力球
霍霍，彈回花蓮去

東岸的詩人
且
看
你
如
何
接
我
這
一
球

——一九九六年二月二日《高樓對海》

悅讀簡訊

隔一座中央山脈。

旭日、颱風、地震，總從東岸「發球」至西岸。

一時興起的詩人，乃以詩爲「回力球」，自西岸‧高雄反拍擊回東岸‧花蓮予詩人陳黎。

全詩充分映現詩人頑童性格。

其後陳黎接球（詩），以——將球擊向遠方，和詩人「站在同一戰線，與永恆對壘」回應、唱和且致意。

詩人過招，有趣無比！

而除此之外，余光中另有〈漏網之魚〉一詩（《藕神》），戲答陳黎其所以不上網事，幽默中寓自嘲與自得，可以並觀。

謝林彧贈茶

當年是兄弟兩人
一起從霜雪的山縣
下到這紅塵的嗎？
而今循一徑樹香
歸去奉茶侍母
是弟弟一個人嗎？

台北已淪陷給咖啡
山霧和島雨在坡上
孕育出來的孩子
要退守七百公尺
或更高峻的海拔

才能夠散發清香？

出世還不像漁樵
茶農或是茶商
在麥當勞，星巴克之外
仍不失江湖的風雅
再加上棋盤和琴韻
格調就近乎儒俠

想當年你的詩集
曾預言《夢要去旅行》
畢竟你沒有去異邦
把《晚春心事》都種在
凍頂的四甲田裏
把鄉愁煮在壺中

初秋了，上世紀一別

我眉髮已全皓，而你
也已深陷於中年
一盒名茶忽寄來
眞精緻，你的禮品
重接忘年的前緣

不問訊不代表遺忘
君子之交淡如——
如水嗎，你說水必須
清澈，才煮得出茶香
來滋潤你孺慕的苦心
溫暖我念舊的愁腸

——二〇〇七年十月八日《藕神》

悅讀簡訊

余光中與林彧爲詩壇忘年交。

「上世紀一別」後，林彧返南投老家種茶事母，此番因寄贈高山名茶予詩人，兩人乃再續前緣。

可感的人間情意，經時間沈澱，歷久彌新！

全詩洋溢詩壇兩代情誼之芬芳。

「不問訊不代表遺忘」句，恰似茶香，清芬裊裊，餘韻綿長，最宜細細品味。

又，林彧兄長爲詩人向陽。

謝渡也贈柑

——笠澤鱸肥人膾玉，洞庭柑熟客分金（蘇舜欽〈望太湖〉）

宅急便專送的水果盒
究竟，送來了什麼呢？
黃橙橙，圓渾渾，十六隻
排成雙層，是超小南瓜麼？
不，是塞尙和高庚都無緣
調色寫眞的那種純金
更無緣剝開來煞饞，解渴
像我的口福啊，此刻

托在手上剛好一滿掌
像一球扁圓的幸運

青蒂正當北極，經線隱隱
用那樣天眞的弧度
抱住皮層和皮下的瓣瓤
渡也說，是橘中的貴族
名叫茂谷，系出東勢
身家上溯到新大陸

東勢果農手栽的名種
輕易不會紆尊在果攤
我卻一刀直取它心臟
抵抗力不弱也不強頑
紅瓤多鮮豔而又多汁
那樣慷慨地迎我唇舌
沁我老饕無饜的肺腑
卻用那樣的薄皮盛住
內容與形式最妙的妥貼
勝過任何豪奢的包裝

難怪屈子要朗頌橘賦
后皇嘉樹，橘徠服兮
受命不遷，生南國兮
難怪隔代的詩人渡也
要把這一隊紅衣使派來
南島的最南端慰我渴慕

附註：茂谷柑為美國柑橘專家Charles Murcott Smith在一九二二年培育成功的上品，即以其中名命名，亦稱Murcott orange.

——二〇一一年一月二十七日《太陽點名》

悅讀簡訊

林彧與渡也。

南投與東勢。

茶與柑。

——與前詩並觀，兩位晚輩詩人所贈雖異，余光中歡喜答謝之情則一。

此詩引宋人蘇舜欽〈望太湖〉詩與屈原〈橘賦〉相襯，頗引動古典遐思。

兩詩合讀，茶香果樂，令人倍感溫馨。

又，五年後，渡也再贈沙糖橘，余光中曾連寫〈沙糖橘〉和〈謝渡也沙糖橘〉二詩（《從杜甫到達利》），以誌其事，可以參照。

半世紀

半世紀前誰不曾年輕
誰不曾，高談卡夫卡卡繆
排排坐在咖啡館
齊齊嗑嗑吃果果，誰不曾
在香菸與啤酒之間
引一句半句薩特，譯
一段半段漢明威，讀
一本半本川端康成
英美太普通了，日本太近
最好是歐陸流行的作家
譯名誰也拼不全，讀不準
R. M. Rilke，García Lorca

Simone de Beauvoir

半世紀後再見面
場合是演說，決審，頒獎，接受榮譽學位，慶生
頭銜是專家，名家，權威，大師，國寶
稿費是五位數，台幣，港幣，人民幣
髮色是由灰而白，髮觀是由稀而禿
病情是因人而異，對他人也說不清
話題則從內科到外科，醫生則西醫到中醫
你訴你的高血壓
他訴他的類風濕
我害我的青光眼
耳朵早該戴助聽器
牙齒又潔白又整齊，太可疑
集體的獨白，衆聲也不太喧譁
逐一聽去，有誰能注意到底
抗不了地心的吸力

有的縮水，有的腰瘦骨折
算了吧——還在講荒謬，孤絕
還內心掙扎，超現實，達達？
眞離不了的，是醫院和藥瓶
結論是：「吾所以有大患者
爲吾有身！」眞相是：步步爲營
絕對不能夠跌跤
一失足成終身
不，餘生之恨

——二〇一六年六月十七日《從杜甫到達利》

悅讀簡訊

文壇半世紀前和半世紀後之對照，與寫眞。

半世紀前，眾年輕文友高談闊論者爲——

卡夫卡、卡繆、齊克果。沙特、川端康成、海明威。里爾克、洛爾卡與西蒙波娃。

半世紀後再見，關注焦點、熱門話題全然改變。

昔日意氣風發、天馬行空，亦轉爲「步步爲營」之拘謹。

全詩以鮮明對比，看文壇滄桑，寫歲月不饒人之事實，幽默中寓感傷，爲余光中八十八歲作品。

詩中所提加西亞·洛爾卡爲余光中甚推崇喜愛的西班牙詩人，〈風吹西班牙〉一文（《隔水呼渡》）曾提及之。

歷史拾貝

香杉棺

盛中國人最美麗的樣品
盛著新聞，盛著歷史
六尺的香杉木何幸運

撫隔音的棺蓋，有異樣的震顫
逆手指而上，逆神經而上
震落一滴晶晶的悲哀

因此中臥北京最大的敵人
當他呼吸，半個中國懼
半個中國哭，當他瞑目

蓋棺論定，而目不瞑，而目不瞑
如中山陵上，孫中山失眠
當鼠黨鼓噪，蟑螂分食著殘星

必焉待黃河澄清，老人星升起
必焉渡台灣海峽
始有鼾聲自兩岸揚起

而五四已駝背，新青年已老
你的心臟已罷工
中國的心臟病誰來治療？

此際，你浸入歷史的酒精
你不朽，你告別鐘錶
而我們呼吸你昨夜呼吸的風暴

大哉胡適！

覆你以校徽，蓋你以國旗
而不論如何覆蓋
你恆在這六尺之外，和我們同在

——一九六二年五月六日南港胡適靈堂《五陵少年》

悅讀簡訊

胡適是新文學運動領袖與白話文學運動健將。

一九六二年二月二十四日，胡適於中央研究院長任內，因心臟病去世，時年三十四歲的余光中，曾分別以此詩與散文〈中國的良心——胡適〉（《左手的繆思》）向其致哀致敬。

詩中特別指出，胡適因鼓吹民主遭紅色中國攻擊，而五四已遠，誰能如胡適般，成爲新思想領袖？結語則肯定大師精神不死，恆與後人同在！

全詩視胡適去世爲一歷史事件，充分傳達了一位文學青年對大師的崇仰哀悼。

霧　社

櫻花謝了，啊酋長，武士刀也銹了
永不褪色是烈士的熱血
一聲怒叱便紅到如今
此外，更無仰攻的旌旗
唯鬱鬱的林莽，一綠無際
長夏用蒼蒼祐你安眠
不銹是番刀不朽，啊酋長
大佐的脊背凛到東京
那鋒芒，悲憤的目光淬亮
銅鐲鏘鏘，泰耶魯的體魄六尺
仆下，爲拔起英挺的碑石
牌坊峨然，拱四壁的峰巒峻起

事件過後，蟬聲如忘
山徑九折旋來平地的班車
看番社的水果攤上
李猶酸鹵，水蜜桃的記憶
茸茸澀口，不水也不蜜
天主堂的晚鐘動時，一丸頹日
駭然向來時的山口落下
猶似當年在升旗，不，降旗

——一九七四年七七之夕於霧社復興文藝營《白玉苦瓜》

悅讀簡訊

寫於南投仁愛鄉霧社。

酋長，是當年抗日失敗自盡的莫那．魯道。

泰耶魯，是泰雅族一支。

碑石牌坊，是紀念忠魂義魄的紀念碑。

背景則是——蟬鳴夏日，林莽碧鬱，落日西墜，天主堂晚鐘響起。

全詩以充滿畫面感的文字，追述當年原住民武裝抗日事件，並向「霧社事件」中所有不屈的英靈致敬。

「頹日」、「降旗」，將落日與日本太陽旗聯想，尤富弦外之音。

碧湖

怎麼窄窄，只一扇後門
一推竟推開，咦，十里碧澄澄
迢迢一面迷幻鏡
一汪清虛漣漪也不起
不可信的奇蹟，不見不相信
見了，一半信，一半猶可疑
看，拔尖峭起是林木矗矗
翠柯交翳，徹徹透出蟬聲
山神私藏在層巒深處更深處
霞晚霧晨，萬夏千春
一片心，只剖向蕃社的日月
泰耶魯的民謠，聞說有一首

疊句反覆，用原始的節奏
歌詠脈脈這一泓青睞
當鼓聲擂動豐年的祭樂
波光流眄六社的孩子
世世代代好深沉的祝福
神啊他手刃了自己的血嗣
酋長他有個悲切的名字
烈士的肌腱痛切成碑石
部落的舊創，隱隱，被切痛
切痛兵器銹蝕的缺口
沁涼的湖氣裏，青山如睡
半角紅亭嫵媚迴轉的坡路
渾不記殺喊聲中，啊當年憶當年
乍一座活火山在此飛迸
一丸太陽旗鍊不成仙丹
餘波撼，遠搖富士的山腳
事件灰飛煙滅，於今只留下

一隻水禽過處，白影正翩翩
無憾的鏡面且飛且回顧
看一曲綠水疊嶂裏蜿來
酋長，蜿你額上當年的佩帶
而中流豁豁抽開，啊幻湖
酋長酋長你彎刀猶裸露
西去裸冽冽的寒光向晚
奮力一劈後不肯再回鞘

「水面起霧了，露水就要下降
下湖的小路已接通蒼茫
回去吧，莫冷了桌上的晚餐
莫等冷那鯉魚，昨天剛釣起
湖的心事，新事，舊事？
待我們回去，不，你先請
向花雕的烈焰細細品嚐」
說著，他把那後門掩上

碧湖山莊那主人
起霧的迷鏡他闔上，遂深而冷
那樣小，用一面鏡蓋子

——一九七四年七月十一日於霧社《白玉苦瓜》

悅讀簡訊

與前詩均寫於在霧社主持「復興文藝營」時。

詠史、寫景兼具。

除再向以鮮血寫原住民歷史的酋長莫那．魯道致意外，亦寫英雄烈士悲壯付出生命代價、而今鄉土寧謐「無憾」的感慨；更寫碧湖隱於深林祕境，波光如鏡、與世隔絕之奇景。

首尾以「鏡蓋子」喻通往碧湖的窄門，富奇幻色彩、童話趣味，極具巧思。

送別

悲哀的半旗
壯烈的半旗
爲你而降

悲哀的黑紗
沉重的黑紗
爲你而戴

悲哀的菊花
純潔的菊花
爲你而開

悲哀的靈堂
肅靜的靈堂
　為你而拜

悲哀的行列
依依的行列
　為你而排

悲哀的淚水
感激的淚水
　為你而流

悲哀的背影
勞累的背影
　不再回頭

悲哀的柩車

告別的柩車
慢慢地走

親愛的朋友
辛苦的領袖
慢慢地走

——一九八八年一月二十二日《夢與地理》

悅讀簡訊

一九八八年一月十三日，故總統蔣經國先生去世，詩人以此詩送行。

莊嚴哀穆，黑白片的感覺。

底部平齊、三短行一節的視覺設計，示意送別行列。

高度寫意但又寫實的文字，還原了多年前，一個樸素的歷史畫面。

一片彈殼

那年的烈夏，有誰還記得
就是你這顆頭顱
跟那座剛強的孤島
怎樣將對陣的重炮
輪番的轟打給頂住
今夏，熱烈的只剩老太陽
那場炮火早散了餘燼
除卻這一片薄金屬
彈道學一件例證
考古學一截樣品
鎖在你舊傷的深處

終於，焚化爐將你吐出
一過了火滌之門
再難分是劫灰，是炮灰
誦經聲中，高僧肅然
將一粒舍利子鄭重揀出
但是我，遠在南部
卻聽見一聲金屬的厲嘯
越過島上千般的爭吵
越過衆口不休的嘈嘈
從那堆火燙的灰裏
一截復活的彈身

三十五年後回頭喊魂
對著古戰場的方位
只爲它永忘不了
在歷史呼痛的高潮
一片彈殼撞開一顆腦殼

是多亮的燭光啊多響的分貝

附記：一位老將今夏去世，火化之後，在後腦揀出一小截彈片。那是三十五年前，也是夏天，金門炮戰的見證，一直留在他身上，不曾取出。雖是小小的一片，其意義當重於千百舍利子。

——一九九三年七月十一日《五行無阻》

悅讀簡訊

既歎且詠，追憶八二三炮戰！

以「舍利子」喻火化骨灰中撿出之彈殼。

以炮聲厲嘯，「越過」島上千般爭吵、眾口嘈嘈不休，喻事實勝於雄辯，並重現當年在金門冒死護台之英雄形象。

結語光度、力道、音量十足，沉痛、感懷、敬佩兼而有之。

是現代詩中，罕見以八二三台海戰役入詩之作品。

攫住美與滄桑

——時代之眼：台灣百年身影之一

（為北美館攝影展而寫）

黃龍旗換成了紅心旗
爲島神勾魂攝魄
也換了鳥居龍藏，八百張
玻璃乾版底片，鏡頭朝北
從打狗到六龜，沿著荖濃溪
到台北府、內埤、大稻埕、淡水
你見過有人站在戶外
張大了口讓醫生拔牙嗎
泛黃的老照片說，它見過
馬偕大夫甘心做山寨醫師

你見過萬華戲院沒屋頂嗎
黑白的舊照片說，慶祝上梁
賀客濟濟都擠在鷹架岌岌
從林草到張照堂，從郎靜山
柯錫杰到莊靈，多少快門
把善遁的時光攫住，爲我們
珍藏了台灣之美與滄桑

——二〇一一年三月二十五日《太陽點名》

悅讀簡訊

此詩爲台北市立美術館攝影展《時代之眼——台灣百年身影》而寫，題詠攝影家以快門記錄、呈現百年來在地庶民生活經驗與共同記憶的故事。

大清黃龍旗換成日本紅心旗，喻日據時期開始。

鳥居龍藏是日本人類學家，曾徒步全台、登玉山、橫越中央山脈，所拍原住民照片，爲早歲台灣留下珍貴記錄。

郎靜山、張照堂等，則是攫住、珍藏台灣「美與滄桑」的本土攝影家。

至於馬偕大夫站在户外爲病人拔牙，與萬華戲院上梁，爲全詩「特寫」，尤令人發思古之幽情。

瑰奇的祖母綠

——時代之眼：台灣百年身影之一

（為北美館攝影展而寫）

最初是葡萄牙人的瞳孔
反映這美麗的海島
驚呼了一聲 Ilha Formosa！
一塊瑰奇的祖母綠
用潔白的浪花鑲嵌
別在南中國海的胸前
讓西班牙與荷蘭的水手
都望呆了眼。羽禽起落
鹿角出沒，帆檣來去
最後是明末孤憤的大纛

由北望的國姓爺升起
但這寶島的魂魄，第一眼
被攝影機善憶的鏡頭
捉住，卻是在十九世紀
同治十年，那就是清朝了
多少追思要回溯，都是從
斷垣頹壁，不斷倒帶又停格

——二〇一一年三月二十五日《太陽點名》

悅讀簡訊

與前詩同為《時代之眼》攝影展而寫。

全詩想像十六世紀葡萄牙人所見台灣，是浪花鑲邊的「瑰奇祖母綠」。

想像彼時島上飛鳥、野鹿、帆檣鮮明生動的姿影。

亦想像其後鄭成功來台，壯志未酬之遺恨。

同治十年（一八七一），蘇格蘭攝影家約翰·湯姆生從台灣頭到台灣尾，所拍台灣影像，為此攝影展年代最早照片，故詩中特予提及。

全詩以「倒帶又停格」方式進行敘事，堪稱另一種台灣百年身影之觀照。

卷三　我這一票，投給春天

人間祈祝

讓春天從高雄出發

讓春天從高雄登陸
讓海峽用每一陣潮水
讓潮水用每一陣浪花
向長長的堤岸呼喊
太陽回來了，從南回歸線
春天回來了，從南中國海
讓春天從高雄登陸
這轟動南部的消息
讓木棉花的火把
用越野賽跑的速度
一路向北方傳達
讓春天從高雄出發

後記：高雄市政府、國立中山大學、台灣新聞報合辦的「木棉花文藝季」在四月間熱烈地展開。我為文藝季寫了這首主題歌。

——一九八六年一月七日《夢與地理》

悅讀簡訊

詩人高雄時期的首航之作。

以充滿高速動感之動詞，與令人愉悅，令人產生大視野、大格局聯想之名詞，相互交織、激盪，呈現高雄的活力、朝氣、明朗積極形象。

是一首屬於高雄人的歌。

由一位愛高雄的人所寫。

是寫給所有高雄人傾聽、思考的——

陽光之歌！

叫醒太陽

叫醒太陽
叫醒男高音的太陽
叫醒滿天的金光與霞火
叫醒壽山所有的鳥和樹
新生的一天就要出發

叫醒海峽
叫醒女低音的海峽
叫醒海藍與水平線
叫醒港上所有的貨櫃船
新生的一天就要出發

叫醒窗子
叫醒武嶺和翠亨山莊
叫醒西子灣所有的夢
叫醒文藝營所有的眼睛
新生的一天就要出發

把太陽升向八月的天空
把旗升向八月的海風
新生的太陽，新生的旗
新生的希望，新生的筆
新生的一天就要出發

後記：一九八七年復興文藝營從八月四日到八月十日在中山大學舉辦，參加者有全國各大專學生一百四十人，由陳幸蕙、白靈、張大春、黃美序四位作家分別帶領韓愈隊、李白隊、曹雪芹隊、關漢卿隊。這首詩是我特別為文藝營寫的升旗歌。

——一九八七年八月五日於西子灣《夢與地理》

悅讀簡訊

詩人任教中山大學時，爲在該校舉辦之復興文藝營所寫的升旗歌。

高度陽光取向，海洋取向，青春取向，希望取向！

連太陽都被叫醒！

新生的一天，怎可能不快樂出發？

歐菲莉

歐菲莉，飛旋而來的風神
挾你反時針的氣勢
扭轉太陽的火輪，給我們
一個驚喜的停電夜吧
性急的未來可以等一等
揚起你颯爽的裙襬
越過中央山脈，一口氣
把所有的螢光幕全吹熄
給我們一個噪音的假期
——免於明星的姿態，政客的嘴臉
免於專家的侃侃，廣告的喋喋
火災現場的危牆，凶宅的血跡

緝私豐收的毒品和兵器

給我們一個停電夜吧
歐菲莉，讓這超載之島
在海濤單調的催眠歌裏
睡一個安穩的好覺
讓眼睛躲藏於陰影
讓耳朵休息於寧靜
讓慚愧的手按在心口
感覺自己血流的節奏
讓我，在風雨咆哮的中央
燃起一枝念舊的白燭
一首漢魏的古詩
爲家人輕輕地吟哦
像幼珊姐妹小時候那樣
歐菲莉，最年輕的風神

我天眞的祈禱
是一個懷古的停電夜
非一場傷今的災情

——一九九〇年六月二十三日《安石榴》

悅讀簡訊

余光中八首颱風詩之第六首。

祈求風神賜下「一個驚喜的停電夜」，讓「超載之島」台灣，免於噪音、虛僞、荒唐、庸俗、欺騙，獲得寧靜與喘息；也讓詩人燃燭再爲家人吟詩。

全詩藉強颱歐菲莉，批判台灣社會，祝禱風雨平安，並流露對往昔時光、台灣清純年代之眷念。

融鍼砭時弊之理性，與懷舊、溫暖的感性於一，是一首層次豐富的颱風詩。

至於余光中讚歎爲「永恆之島」（P288）的台灣，此詩中卻成「超載之島」，〈警告紅尾伯勞〉一詩中（P275）更成「貪婪之島」！

不同的感受，相異的評價，所反映的正是詩人眷慕、憂思台灣的兩種情懷。

九月之慟

九月啊，黃道的幾何學爲何
變成了黑道的美學了呢？爲何
秋分的鋒芒尚未抽刀
太陽就已經掉頭而去
不顧我們的北半球了呢？
爲何金色的季節竟然變臉
成了黑色的月份了呢？
爲何塌下來，七重天
爲何翻過來，十八層地
爲何，山，崩了開來
爲何，樓，倒了下來
親人啊情人啊鄰人啊

都被誰擄去了呢，爲何
把眼淚哭成雨季，一夜九百公釐
都再也贖不回來了呢？
幽幽是失蹤的眼睛，永不瞑目
在九月的惡夢裏，冥冥
正尋找著我們，無助的呼吸
正等待著我們的回應
世紀的窄門啊如此地難過
是怎樣的門神，不放過我們呢？
讓我們用哀思砌成公墓
同聲頌禱，願亡魂都安息
願九月降下黑旗，把金徽升起
讓我將這首輓歌刻成石碑
獻給九月一切的受難者
九二一，九一一，九一七，不管
他信的是什麼神，禱的是什麼告
不管把他帶走的

是烈火熊熊，是洪水洶洶
是大地破胎的陣痛

——二〇〇一年九月二十一日《藕神》

悅讀簡訊

以傷痛之情，寫現代天問，將詩「獻給九月的一切受難者」。

所述上世紀末和本世紀初台灣與異域幾場災變浩劫是——九二一大地震（1999.9.21）、九一一紐約世貿大樓恐怖攻擊（2001.9.11）、強颱納莉重創本島（2001.9.17）。

全詩立足台灣，放眼天下，突破宗教、種族、地域界限，由衷關懷，真誠祈願，悲憫祝禱，令人感動！

祈禱

讓我們一同祈禱吧
跪在受難的土地
讓手指緊靠著手指
讓掌心緊貼著掌心
讓眼神與眼神凝聚
讓心神會合心神
在同病的劫難之中
同心同聲地祈求
瘟疫明天就終止
大限是高溫的夏至
讓罹病的人能得救
讓隔離的人能自由

讓耳溫槍枝都放下
防毒面罩都摘除
讓咳嗽都變成唱歌
讓逝者都往生有路
讓成仁的白衣戰士
都羽化成白翼天使
在禱告聲裏冉冉上升
讓我們在大劫之後
凡媽祖、嫘祖的孩子
傳染的不再是病菌
不再是可疑的 Sars
而是彼此的笑聲

——二〇〇三年夏至前夕《藕神》

悅讀簡訊

寫於二〇〇三年，主題是彼時全島蔓延、人人自危的SARS疫情。

爲台海兩岸，所有未染疾、遭隔離、不幸罹病、因病往生，與殉職醫護人員而寫。

全詩連用十二個「讓」字，無一不是真誠由衷的祈禱。

詩末以「微笑」作結，則是，啊，最美麗的祝福！

心路要扶

傳說有一條小路曲折
通向我寂寞的內心深處
我困在裏面，無法走出
堅強的手臂啊溫柔的眼神
請爲我帶路，走出迷宮
走出崎嶇，走出濃霧
帶我出去找我的母親
找我的朋友，我的前途
把我帶出這茫然的無辜
有力的手啊，給我扶助
溫柔的笑啊，給我鼓舞
這深深的狹谷，帶我走出

不要將我忘在這裏頭
整個亮麗的世界啊
在外面等我呢，等我去加入

——應心路基金會之請為寂寞的障友而作

——二〇〇四年九月二日《藕神》

悅讀簡訊

輕柔的語調。

誠摯的鼓勵。

願景的描繪。

高度的同理心。

關懷弱勢族群、寂寞障友的人間之愛。

全詩押ㄨ韻，倒數第四句以倒裝方式，避免了散文化之弊。

雖非余光中代表性或受矚目之作，然溫暖情懷、人間祈祝之眞誠，令人印象深刻。

四歲的小酒渦

嘴邊的酒渦雖然太小
醉漢的暴怒已無法躲掉

飆車更嫌太早的年齡
高速路竟跟死亡賽跑

紅燈不祥，救護車淒厲的呼聲
叫不開緊閉的醫院鐵門

半張床都睡不滿啊
卻沒有空床容得下你

馬拉松十四天，陰陽拔河
最後還是被陰府擄去
這世界欠你已經夠多
卻叫你連肝臟都留下
眼角膜就帶走吧，媽媽哭道
免得你迷路回不了家

附註：美麗可愛的邱姿文，因父親家暴夭亡。當時重傷送醫，醫院以病床已滿拒收。所留肝腎分捐給兩個病人。

——二〇〇五年一月三十日《藕神》

悅讀簡訊

爲早夭的四歲女孩邱姿文而寫。

天眞可愛的年齡，因家暴重傷，送醫拒收、不幸夭亡後，捐出肝、腎，遺愛人間！

詩人有感於此新聞報導、有感於這世界欠女孩太多而提筆。批判了冷酷的成人世界、僵化待改善的醫療制度，並祈盼不幸早夭、來不及長大的邱姿文，早日安息。

是一首令人疼痛的詩！

社會批評

項圈

張瑪麗小姐在街上散步，
　背後牽一頭愛犬。
遇見李露西也牽一頭走來，
　兩人便停步寒暄。

瑪麗的愛犬也走上前去，
　和露西的愛犬交際。
露西的愛犬問它的項圈，
　是銅的，還是金的。

「銅的，」瑪麗的愛犬回答。
「銅的！我的是金的！」

露西的愛犬聳一聳肩頭走開，
「而且是美國製的！」

——一九五四年五月二十日《天國的夜市》

悅讀簡訊

寫於一九五四年。

其時台灣經濟尚未起飛，國民信心普遍不足，社會瀰漫崇洋風氣。

此詩以虛擬筆法，採寓言詩形式，藉瑪麗、露西二愛犬傖俗可笑之對話，諷刺此虛榮心理，爲早年台灣拜金崇洋（尤其崇美）的社會現象，留下了一帖文學見證。

敬禮，木棉樹

這才是美麗的選舉
不罵對手，不斬雞頭
要比就比各自的本色
紅仙丹與馬櫻丹
黃槐與木蘭

把路人引誘過來的
不是紅苞，是紅葩
你最生動的競選演說
是一路燒過去
滿樹的火花

千萬拜美的信徒
選你豪放的形象
來激發南方的大港
接受我們的注目禮吧
堂堂的英雄樹

後記：四月廿二日國內報載，高雄市選市花，木棉以一萬六千多票壓倒群芳而當選。落選的花伴包括玉葉金花（一萬三千多票），木蘭（一萬三千多票），馬櫻丹（一萬一千多票），紅仙丹（一萬多票），黃槐（八千八百多票）。這真是一次乾乾淨淨的競選，沒有意氣，沒有迷信，更沒有賄賂，令人高興。木棉素有英雄木的美名，不但高大雄偉，合於「高雄」的標準，而且其為形狀，樹幹立場正直，樹枝姿態朗爽，花葩顏色鮮明，肝膽照人，從樹頂到樹根，沒有一寸不可以公開。這種民選的市花才能真正地為民代表，值得我國的民意代表奉為典範。本詩第七行的「紅苞」，是「紅包」的諧音。一九八二年四月二十四日於沙田《紫荊賦》。

悅讀簡訊

透過高雄選市花報導，從正面角度，寫理想的選舉模式——比本色、零紅包、以競選演說服人。

英雄樹木棉，因壓倒群芳（黃槐、木蘭等），贏得選舉，當選市花，故向其敬禮致意。

其時詩人任教香港中文大學，定居沙田，猶隔海般般關切台灣，鄉情可感！

拜託，拜託

無辜的雞頭不要再斬了
拜託，拜託
陰間的菩薩不要再跪了
拜託，拜託
江湖的毒誓不要再發了
拜託，拜託
對頭跟對手不要再罵了
拜託，拜託
美麗的謊話不要再吹了
拜託，拜託
不美麗的髒話不要再叫了
拜託，拜託

鞭炮跟喇叭不要再吵了
拜託，拜託
拜託，拜託
管你是幾號都不選你了

——一九八五年十一月十四日《夢與地理》

悅讀簡訊

亦寫選舉，但與前詩相反，出以高度嘲諷諧謔，由不堪其擾的選民「拜託」候選人勿——斬雞頭、發毒誓、欺騙大眾、謾罵叫囂、製造噪音污染，總之，爲求勝選無所不用其極。詩末「管你是幾號都不選你了」，有趣之餘，復大快人心，令人拍案叫絕！

全詩鋪陳三十年前台灣惡質選舉現象，反諷辛辣無比。

海外看電視

在那擁擠的島城裏
就像在一隻小鍋底
名人或是新聞
一炒便熱
再炒便焦
火氣那麼大只爲了
爭一個小灶
即使隔海
也嗆得人一臉煙
彷彿心跳
還留在鍋裏煎熬
被層出不窮的

一場又一場惡夢
炒了又炒

而這一切魔境
即使太平洋之闊
再加換日線之長
也不能擺脫
只因爲既不願炒人
也不甘被人炒
卻不得不回鍋

回到火爆的小油鍋
重新又投入
兩千萬顆的莫奈何
讓一把神祕的黑鏟
一下子挑撥
一下子攪和

一邊炒成了焦土
一邊半生不熟

——一九九三年六月四日於加拿大《五行無阻》

悅讀簡訊

小鍋、小灶，喻空間擁擠、社會氣氛經常「火爆」的台灣。

神祕黑鏟，指興風作浪的媒體。

海外看電視，無奈是，常被島內烏煙瘴氣之新聞報導「嗆得一臉煙」！

更無奈則是，行程結束，「不得不回鍋」！

全詩指出台灣身爲島國的狹隘格局，與媒體經常搧風點火，「一下子挑撥／一下子攪和」的輿論操作行徑。

其結果，便是一邊「焦土」、一邊「半生不熟」的社會失衡亂象，層出不窮了。

無緣無故

無緣無故地笑一笑
人類已經太蒼老
美麗的禽獸快滅種
世界的屋頂破了個洞
晴天怕太陽會有毒
陰天怕酸雨落頭上
他們說冷戰已結束
爲何我仍然很緊張
爲何有人打高爾夫
而我們擠成蝸牛族
爲何從頭條到末版
報紙愈讀愈不堪

當一切諾言都是謊
選誰不選誰都一樣
一樣都荒唐，我只好
無緣無故地笑一笑

——一九九四年五月至十月間《五行無阻》

悅讀簡訊

無緣無故，其實是無奈。
一笑，是苦笑。
面對生物多樣性滅絕、臭氧層破洞、酸雨、國際情勢緊張、島內貧富不均、選舉令人無比失望……，實在心情沉重！
無法可想、無計可施、無奈且充滿無力感之餘，只有——蒼然一笑。
全詩每隔兩句換韻，第五至第八句則是跳句換韻。
是直抒胸臆的詠懷詩，也是寄旨遙深的諷刺詩。

秋後賴賬

壟斷過十里街景
可憐這滿城選旗
曾經招展迎風
吶喊過三色的口號
攻佔不安的安全島
升高廣場的戰爭
卻不敵一串密集的鞭炮
在嗆咳的硝煙紙雨裏
桿折，旗倒，全軍覆沒
不分敵友，更無論編號
只見傷亡枕藉，滿坑滿谷
一夕之間全作了廢票

而不論上面印的是什麼
這一切信誓旦旦，大言炎炎
樣版的豐采，招牌的笑面
管你是正是反，是倒是顛
一視同仁，都被車塵抹黑
除了風，偶然來翻弄
再也沒行人掉頭回顧
　就連當初
　鬧熱滾滾
那些拍胸握拳的候選人

——一九九五年十二月六日《高樓對海》

悅讀簡訊

寫二十年前台灣選後街頭狼藉景象、選民事過境遷，與候選人過河拆橋之輕諾寡信。

因適爲秋後，乃義轉「秋後算賬」一詞而成詩題。

三色爲藍、綠、黃。

曾經「信誓旦旦，大言炎炎」的候選人，選後背信賴賬，則既是深刻之諷刺，亦爲嚴肅的指控。

雞語

把黎明割出血來的金嗓子
再也叫不醒古代了
誰需要我來催他起床
去看小客棧的天色呢？
翅膀早已經退化
只堪滷作美味
就算眞的會飛
能飛出菜刀的陰影嗎？

最可憐那許多嬰胎
眼睛都還沒睜開
就連黃帶殼，全給人擄了去

高興，就當做早餐
任煎，任炒，任煮，任蒸
不高興，就當做武器
一籃一籃的手榴彈
摔啊，向警察摔去

——一九九九年二月二十日《藕神》

悦讀簡訊

以雞爲主題。

寫其爲人類報時、做爲美食食材，之後，如今更被當成手榴彈，一籃一籃——

向警察摔去！

看似寫雞的悲哀。

實則嘲諷近年陳抗群眾對公權力之霸凌。

嬰胎固然可憐，更可憐者誰何？

不言可喻。

投給春天

不知道春天是怎麼入境的
為什麼海關都攔她不了
只知道她來時鬧熱滾滾
亮麗的隊伍彩幟繽紛
一隊沿著民權路，揚著紫荊
一隊沿著民族路，舉著木棉
當紫荊豔極，落紅滿地
木棉就轟轟烈烈地點起
一場傳火的接力賽
於是遠在天南這海港
竟然也有了幾分童趣
不論宣傳車有多囂張

就連大選的五色旗號
爭占了無辜的安全島
也遮掩不住唯美的花季
更無法阻擋我這一票
選來選去，只投給春天

——二〇〇〇年三月十二日《藕神》

悅讀簡訊

以繽紛花季 PK 喧囂選季。

以令人歡喜愉悅之群芳 VS. 令人反感不快之候選人。

故手中一票，只投給春天！

全詩從春日繽紛落筆，轉至對選舉失望，並暗寓跳脫選舉荒謬，甚至投廢票意。

選民心聲，眞值得候選人省思啊！

愛　犬

——禽畜二題之二

與其依靠政客的諾言
還不如依靠一頭忠犬
諾言一轉身就拋在腦後
何況政客們本就無腦
只有忠犬還守在腳邊

——二〇〇八年四月二十七日《藕神》

悅讀簡訊

〈禽畜三題〉含三首小詩，戲寫三種動物——貓、狗、雞。〈愛犬〉爲第二首。

全詩以忠犬對比政客之政見跳票、不可信任，更以「無腦」一詞，質疑其判斷與思考能力，不動聲色，而嘲謔十足，堪稱諷刺詩之極致。

傳說

傳說公雞一叫亮黎明
群魔就通通趕回酆都
而今公雞已經不叫了
所以大白天也幢幢
街頭巷尾都充滿鬼魂
貪婪的，說謊的，抹黑的
尤其是在選舉的季節
在五都

——二〇一〇年十一月二十六日《太陽點名》

悅讀簡訊

相較於前詩〈愛犬〉（P257）以狗爲喻，此詩更以「群魔」痛批政客。

「尤其在選舉的季節」，台灣五都恍如鬼城酆都，鬼影幢幢，群魔現形，貪婪、說謊、抹黑……，肆無忌憚，所謂雞鳴一聲天下白之清明太平，已成「傳說」！

全詩出以強烈譏諷，譬喻中寓寫實，共鳴之餘，令人歎息。

生態關切

森林之死

——二月廿六日大雪山所見

曾傘撐三百個夏季，擎千噸的翡翠
曾奮奏西太平洋的颶風
老了，針髮柱立的巨人族
腹中的同心圓都知道

整個下午，大屠殺進行著
滅族的大屠殺在雪線上進行
鏈鋸砉砉，磨動著鋼齒，鋼齒
白血飛濺，自齒隙流下。　殺！
殺十七世紀的遺老！　殺！
殺歷史，殺風景，殺神話！　殺殺殺！

殺！　鬚髮蕭蕭，當鋸，猶傲然昂首
握地，舉天，聳數臂的合抱
悲哉，巨人！　壯哉，巨人！
臨刑，猶森森屹七丈的自尊
綠色帝國的貴族們，頹然倒下
去平原上，舉起明日的華廈
去海上，豎桅，豎檣
豎水手的信仰，水族的圖騰
去曠野架鐵軌的神經
承狂喘的重壓，輪的踐踏與踐踏

白血流下了鋼齒，白血流下
流下了白血，白血，白血
鋼齒鋼齒間流下了白血，自鋼齒鋼齒
流下了白血，自綠色的靈魂

從圓周噬到圓心，圈內有圈
圓內有圓內有圓內有圓
白血流下，自鋼齒鋼齒間
所有的年輪在顫慄，從根鬚
從縱橫的虬髯到颯爽的葉尖
每一根神經因劇痛而痙攣
三百載上升復上升的意志，一千季矗立的尊嚴
拔海六千呎，騎雪峰的龍脊更上
那氣象，下一瞬將轟轟瓦解
在族人的巨屍堆中，嘩然倒下
倒下，森林之神的一面大纛

森林之死！　森林之死！
蔽天蔭地，綠塔頂晃晃欲墜
百萬根針錐痛著，絕望中
所有的根鷹抓著岩石。　軋軋震響
幢幢傾斜的，紅檜的靈魂

揮數噸屍體，揮元代的風
揮清代的雷電，和一聲長長長的厲嘯
向驚惶的石坡絕望地鞭下
回聲隆隆，從谷底升起

　倒下雲杉倒下高高的雲杉倒下
　紅檜倒下華貴的紅檜倒下冷杉
　倒下寒帶的征服者冷杉倒下
　美麗的香杉倒下森林的旌旗

大屠殺進行著，絕壁高高地舉起
悲劇的舞台。　雪峰無言
冷峻的陽光無言，惟鋼鐵勝利
整個下午，原始林在四周倒下
悲嘯呼喊著悲嘯答應著悲嘯

　　雪花飄落了雪花飄落了雪花

白色的降落傘降落著白色
降落著白色的天使天使般降落

洪荒時，一切是綠色的幻想
在潮濕中竊聽太陽的口號
和春季的謠言。一陣吶喊
敲破最堅的石英岩，掀開了凍土
雪線上，零度下，將自己拔向雲，拔向星
拔向藍冰空最藍處去讀氣象
當根在七丈下攫一畝冷泥
更錐下，錐入地質的年代與年代

曾享聖經族長三位數的年齡
多少截中斷的歷史。我跪下
彌留的木香中，數你美麗的年輪
偉大的橫斷面啊，多深刻而祕密
多祕密的年鑑！這一年，鄭成功渡海東來

這一年，太陽旗紅如血，紅得滴血
血滴在海棠紅上！ 這一年，我戀愛
在一個孤島上，孤島在海外
這一年，這一年……
我死的一年押在哪一圈上，啊森林！

——一九六三年三月二十四日《五陵少年》

悅讀簡訊

詩人第一首長詩，七十四行，寫於三十五歲，逾半世紀前。哀大雪山歷史悠久之天然林，遭大量砍伐浩劫，開啓日後詩人生態關懷詩如〈控訴一枝煙囪〉（P268）、〈灰面鷲〉（P273）、〈警告紅尾伯勞〉（P275）甚至〈冰姑，雪姨〉（《藕神》）先聲。

千噸翡翠。白血飛濺。臨刑猶傲然昂首。鋼齒殺歷史殺風景殺神話殺自然生態。綠色帝國頹然倒下！……

意象怵目，張力飽滿，令人震撼。

此詩爲余光中「立體主義時期」作品，故大量使用疊字、迴環句法。

森林之死，標誌著台灣一位富環保意識的詩人誕生！

控訴一枝煙囪

用那樣蠻不講理的姿態
翹向南部明媚的青空
一口又一口，肆無忌憚
對著原是純潔的風景
像一個流氓對著女童
噴吐你滿肚子不堪的髒話
你破壞朝霞和晚雲的名譽
把太陽擋在毛玻璃的外邊
有時，還裝出戒煙的樣子
卻躲在，哼，夜色的暗處
向我惡夢的窗口，偷偷地吞吐
你聽吧，麻雀都被迫搬了家

風在哮喘，樹在咳嗽
而你這毒癮深重的大煙客啊
仍那樣目中無人，不肯罷手
還隨意揮著煙屑，把整個城市
當作你私有的一只煙灰碟
假裝看不見一百三十萬張
——不，兩百六十萬張肺葉
被你薰成了黑懨懨的蝴蝶
在碟裏蠕蠕地爬動，半開半閉
看不見，那許多矇矇的眼瞳
　正絕望地仰向
連風箏都透不過氣來的灰空

——一九八六年二月十六日《夢與地理》

悅讀簡訊

流氓的行徑。

「翹向青空」之刺目形象。

工廠暗夜違法運轉。

視城市爲私有煙灰碟。

……

指證歷歷。

控訴煙囪，即控訴空氣污染、

控訴公害問題嚴重。

詩人綠色良知、關懷意識，於

詩中充分展現。

既是環保詩，也是社會批評

詩。

貝殼砂

——墾丁十九首之十

白淨的沙灘是水陸的交易會
你來看，海神的攤位
多精巧的珊瑚與貝殼
不計歲月的琢磨，被風，被浪
被細緻的沙粒慢揉又細搓
洗出人寵人愛的光澤
是從哪位水精的寶盒
滾翻出來的這許多珍品
就這麼大方，海啊，都送給了我們
而人呢，拿什麼跟她交換？
除了一地的假期垃圾

破香菸盒子和空啤酒罐

——一九八六年底～一九八七年初《夢與地理》

悅讀簡訊

墾丁珊瑚、貝殼經浪濤不斷磨蝕成晶瑩碎粒，即貝殼砂。

天長地久，是海送給人的禮物。

人卻回敬以——

破香菸盒子、空啤酒罐、一地的垃圾！

全詩寫海灘污染、島民缺乏環保意識與公德心，不動聲色而感慨萬千。

是很好的文學與環保鄉土教材。

灰面鵟

——墾丁十九首之十七

高高的緯度啊長長的風
吹來一個遠遠的過客
兩翼還帶著塞外的風霜
和江湖傳說的聯想
無邊的秋色攔你不住
雲程迢迢是幾千里路呢？
但願迎你的是美味的蜥蜴
是蛇，是昆蟲，不是獵者
是南方自由的晴空，只爲讓你
帶著溫暖的記憶回去
「我到過一個，哦，可愛的島嶼」

——一九八六年底～一九八七年初《夢與地理》

悅讀簡訊

以對話的口吻、開朗愉悅的語氣，向「你」發聲。

祝福秋來春去的候鳥灰面鷲——

在台灣遇見的，不是殘酷的獵者，是美味的蟲蛇蜥蜴、「南方自由的晴空」！

帶回故鄉的，不是悲慘痛苦的經驗，是到過「一個可愛島嶼」的溫暖記憶。

因高度寄託台灣是「候鳥天堂」的期許，故此詩曾被印製於墾丁國家公園管理處所設計的環保帆布袋上。

警告紅尾伯勞

鳥仔踏，遍地插
不是逍遙的竹竿頂
不是天眞的瓊麻花
疲倦的遠來客啊
歇腳，要看個仔細
美麗島的天空
現在已經不美麗
貪錢的獵人夠陰險
貪嘴的食客正流涎
貪婪之島夠貪婪
小心啊莫闖進這黑店
莫踏上鳥仔踏，遍地插

免得落魄在他鄉
一串串，一排排
燒烤的店裏倒著掛
向反了的天空去尋找
遠在西伯利亞
不歸路那頭的家

——一九九〇年十月二十一日《安石榴》

悅讀簡訊

此詩與〈灰面鷲〉（P273）同樣關懷過境候鳥，爲候鳥請命，但兩詩思考角度一正一反。

警告紅尾伯勞，其實是敬告台灣民眾——

此鳥來自西伯利亞，我們以索命的鳥仔踏相迎，豈是待客之道？

詩中四「貪」字一氣呵成，指控嚴厲。

「向反了的天空去尋找」，須從伯勞被倒懸的視角去看，方能體會其含恨而死、歸鄉無望的悲哀。

當詩人語重心長慨歎：

「美麗島的天空／現在已經不美麗」

能不令人慚愧無言？

卷四　無情的一把水藍刀

海峽觀想

鄉愁

小時候
鄉愁是一枚小小的郵票
我在這頭
母親在那頭

長大後
鄉愁是一張窄窄的船票
我在這頭
新娘在那頭

後來啊
鄉愁是一方矮矮的墳墓

我在外頭
母親在裏頭

而現在
鄉愁是一灣淺淺的海峽
我在這頭
大陸在那頭

——一九七二年一月二十一日《白玉苦瓜》

悅讀簡訊

詩人最富盛名、傳誦不絕之代表作，有華人處，即有余光中此詩。

出以明朗簡易之文字與歌謠體，以鄉愁串連童年、青年、中年與「現在」——

童年鄉愁，是對家和母親的盼望與依賴。

青壯歲月，鄉愁是對愛情的嚮往與沉醉。

哀樂中年，鄉愁，深化爲對親情的追思與感恩。

如今兩鬢飛霜，依依鄉愁，則轉爲對根與臍帶的懷念與眷戀。

此詩既是詩人「靈魂最眞切的日記」，也是上世紀自彼岸渡海來台新住民之心聲，小我個人經驗反映了普世大我經驗，於個相中呈現共相，堪稱兩岸一帖微近代史。

近半世紀後再讀此詩，台海風雲情勢大別於昔日，〈鄉愁〉一詩已成絕響。

海峽

——戲為六八絕句之二

早春的海峽
那麼大的一塊藍玻璃
風吹皺

——一九七二年底～一九七三年初《白玉苦瓜》

悅讀簡訊

余光中唯一一首純寫景之海峽詩。

背景是微暖的早春。

「風吹皺」暗示此「藍玻璃」奇幻、柔軟、寧靜、美麗。

短短三行十七字，是雋永的俳句。

也是饒富童趣的小詩。

春天渡過海峽去

冷鋒削面的黃昏
高樓遠眺
猛烈的西北風裏隱隱
有臘梅古香的消息
從陌生的故鄉吹來
——那刻骨穿心的清芬
紅衛兵的呼喝和蹂躪
唐山痙攣的地震
再也驅不散的清芬
凌江越海，自對岸吹來
臘梅是早春的第一胎

雪衣人所接生
春天你爲什麼還不動身呢？
即使遠自長城
自古運河邊的一個小鎭
每到黃昏，七點五十分
那手揮魔杖的氣象報告員
卻向一圈圈的渦紋裏
指指點點，說南下
是冷鋒，是寒流，不是春天
——春天動身的時候
是北上，自我們這邊

當鷗輕帆暖，風向回轉
看旗在我們的頭上
在上風處抖擻地飛揚
春天便從我們的島上
吹過海峽

如果你驚見翩翩的蝴蝶
日夜不斷絕
像誰在野燒亂霞和迷虹
照豔了海峽的上空
那便是我無盡的祝福
正向西飛渡

——一九八一年二月一日《隔水觀音》

悅讀簡訊

寫此詩時，正當文革時期，唐山大地震不遠，所謂「冷鋒」「寒流」南下，既是氣象寫實，也是沉痛現實，與詩人心情寫照。

在詩人的認知與感受中，原應是熟稔親切的故鄉，已轉爲「陌生」。

雖深感黯然失望，但此詩最可貴處，在後半積極、溫暖意識之躍升與「動身」。

於是，春天，與詩人無盡的祝福，乃吹過海峽，向西飛渡，至對岸！

飛過海峽

七級大海風之上這巨鵬載我
謫仙一般地泠然向南
——飛，順著你長綠之島
順著白浪滾滾的花邊
不知道何處是桃園，何處
是苗栗和新竹的縣界，只知道
那騷動的弧線是你的西岸
在迎戰海峽的浪濤，風所驅遣
更遠，是青紫的中央山脈
矗現在靉靉的雲氣上
蟠不盡的峰峰嶺嶺那便是
剛強而雄峻你的脊椎

三十年暴風雨的重壓下
一寸也不曾彎過，閃過
新生的太陽轟轟烈烈
就從你肩後升起，把燦爛的金曦
射向全中國，澎湖一過
胯下的巨鵬便向西直飛
——出海峽，別了，永恆之島
但今夜的遠夢依依
正如有一天，身後的魂魄
將回來繞你飛旋，大風又大浪
像水平線上
什麼也攔不住的一隻
超級海鷗

——一九八二年一月八日《紫荊賦》

悅讀簡訊

飛過海峽，沿白浪鑲邊的長綠之島向南，再向西。

詩人寫機上俯眺所見。

中央山脈，是島嶼剛強雄峻的脊椎。

新生麗日，自島嶼肩後，「把燦爛的金曦／射向全中國」！

雖與島暫時遠別，但夢裏依依常見；有一天，亦必將歸來，「什麼也攔不住」。

詩短情深！

〈飛過海峽〉，質言之，是詩人寫給心中「永恆之島」的一葉情書。

心血來潮

心血來潮，搖撼著遠方的島嗎？
島上的岩岸眞會覺得
今晚的潮水特別的高嗎？
一排又一排，濺著白沫
浪頭昂得馬頭般高
是爲了此刻我心血來潮嗎？
潮水呼嘯著，搗打著兩岸
一道海峽，打南岸和北岸
正如此刻我心血來潮
奔向母愛的大陸和童貞的島
這渺渺的心情，鼓浪又翻濤
至少有一隻海鷗該知道

這一生，就被美麗的海峽
這無情的一把水藍刀
永遠切成兩半了嗎？
前一半在北滸，後一半在南岸？
千古的海水啊拍不醒的頑石
要拍到幾時才肯點頭呢？
看海鷗迴翔的姿態
是誰，不肯放棄的靈魂？
我死後，哪一隻又是我
是我辛苦的靈魂所依附？
徘徊在潮去潮來的海峽
追不盡生生死死的浪花
開開落落在頑石的絕壁
那樣的無情，唉，又壯麗
就像此刻我心血來潮

——一九八四年四月二日《紫荊賦》

悅讀簡訊

人在香港，浪潮拍岸之某夜。
詩人內在洶湧奔騰的意緒，呼應著高漲之潮水——
因爲，想起了「母愛的大陸和童貞的島」。
因爲，慨歎且無語問蒼天：這一生，「就被美麗的海峽／這無情的一把水藍刀／永遠切成兩半了嗎？」
不息的潮水。無解的情結。
渺渺心情，鼓浪翻濤，傷懷身世，啊，在——
每一個心血來潮的夜晚！

母與子

小時候，在多風的甲板上
母親指著東方對我說
風浪的那一頭就是台灣
太陽，而不是太陽旗，每天
就從美麗的島上升起
那時我才十歲，抗戰的孩子
太陽旗陰影下的一個小難民
而今是我在島上，半世紀後
在風浪的這一頭回過頭去
在一座紅磚的樓上，朝西
每個黃昏目送著落日
用霞火燒豔了我的童年

廈門和鼓浪嶼，德化和永春
就在那一片晚雲的下面嗎？
樓下這海峽一藍無盡
是用美麗的島嶼命名
卻連接兩片更廣的水域
浩蕩匯入南海與東海
就以大陸的大名爲名
——南中國海和東中國海
這島嶼，原是依戀的嬰孩
浸在母體包容的洋水
怎忍用一把無情的藍刀
切斷母體輸血的臍帶
切斷從前風浪過海峽
和母親一起東望的童年

後記：一九三八年，抗戰次年，母親帶我從上海乘船南下，過台灣海峽，經香港、安南、雲南、貴州，去四川會合父親。東海與南海在國際上叫做East China Sea與South China Sea，正好合抱住台灣。台灣浸在中國海裏，正如胎兒浸在母體的羊水裏。洋水，既為海水，亦諧羊水。

——一九九一年十二月二十五日《五行無阻》

悅讀簡訊

台灣海峽。南中國海。東中國海。

詩人結合地理與童年往事、日暮鄉關情懷、兩岸現實難題，慨然抒感。

「洋水」諧音「羊水」、詩題「母與子」，深情寓意，別有所指，不論繾綣戀慕，或親密依附，都暗示了兩岸在詩人心中的定位。

禱問三祖

海峽茫茫，一汪水藍的天塹
縱然難渡，也從不攔阻
寒流橫越過衛星雲圖
帶來古梅樹開花的消息
把神農古曆書上的節氣
分一點點給這個孤島
或是高緯遠飛的倦客
來我們的樹上避寒，歇腳
或是鋸齒做花邊的郵票
載來對岸渺渺的鄉情
但是這一閃青天霹靂
最貴的煙火，最不美麗

無端端破空長嘯而來
卻燒斷所有西望的眼神
把鄉愁燒成絕望的鄉痛
不禁仰天要禱問媽祖
海峽的守護神啊慈悲無邊
兩岸同是拜你的信徒
為何要把溫馨的香火
燒成令你落淚的戰火
不禁要禱問嫘祖，為何
千絲萬縷綢繆的蠶絲
一把野火要燒盡鄉思
不禁要禱問佛祖，幾時
才把這一簇火箭度成蓮花

——一九九六年三月十三日《高樓對海》

悅讀簡訊

一九九六，中國當局在沿海試射飛彈，進行軍演，引發台海飛彈危機，詩人深有所感，遂成此詩。

前半寫寒流東來、候鳥南遷、信件往返，海峽兩岸本平靜無事。

後半則藉禱問媽祖嫘祖佛祖，痛陳飛彈軍演，引生戰火聯想，「把鄉愁燒成絕望的鄉痛」。

傷懷、憂思背後，是一個和平主義者，冀望海峽平安寧靜的祈祝。

兩岸感懷

淡水河邊弔屈原

青史上你留下一片潔白，
朝朝暮暮你行吟在楚澤。
江魚吞食了二千多年，
吞不下你的一根傲骨！

太史公爲你的投水太息，
怪你爲什麼不游宦他國？
他怎知你若是做了張儀，
你不過流爲先秦一說客！

但丁荷馬和魏吉的史詩
怎撼動你那悲壯的楚辭？

你的死就是你的不死；
你一直活到千秋萬世！

悲苦時高歌一節離騷，
千古的志士淚湧如潮；
那淺淺的一彎汨羅江水
灌溉著天下詩人的驕傲！

子蘭的衣冠已化作塵土，
鄭袖的舞袖在何處飄舞？
聽！
急鼓！可愛的三閭大夫！
灘灘的龍船在為你競渡！
我遙立在春晚的淡水河上，
我彷彿嗅到湘草的芬芳；
我悵然俯吻那悠悠的碧水，
它依稀流著楚澤的寒涼。

悅讀簡訊

余光中生前曾寫過九首屈原詩，均儀式性地寫於端午節；屈原，是詩人題詠次數最多的歷史人物。

此詩爲九首中之第一首，寫於二十三歲，余光中初步入詩壇的年輕歲月。

全詩換韻明顯，形式略嫌呆板，看得出詩藝未臻成熟，但「江魚吞食了二千多年，吞不下你的一根傲骨」、「你的死就是你的不死；你一直活到千秋萬世！」，仍爲擲地有聲、充滿力量之句。

而從淡水河到汨羅江，詩人受民族詩宗人格精神感召，一生追隨嚮往，不渝不移，耿耿深情，於此少作已露端倪。

——一九五一年詩人節《舟子的悲歌》

斷奶

一直，以爲自己永歸那魁偉的大陸
從簇簇的雪頂到青青的平原
每一寸都是慈愛的母體
永不斷奶是長江，黃河
千鋤萬鋤鋤開的春天
搖一隻無始無終的搖籃
我的祖先，和祖先的祖先
全在那裏面搖睡，搖醒
她是劉邦，也是項羽的母親
一直，以爲自己只屬於那一望大陸
爲了一張依稀的地圖
淚溼未乾的一張破圖

竟忘了感謝腳下這泥土
衣我，食我，屋我到壯年
海外這座永碧的仙山
富麗而長，滿籃鳳梨與甘蔗
屹對颱風撼罷又地震
一年孕兩胎蓬萊肥沃的生命
一直，以為這只是一艋渡船
直到有一天我開始憂慮
甚至這小小的蓬萊也失去
才發現我同樣歸屬這島嶼
斷奶的母親依舊是母親
斷奶的孩子，我慶幸
斷了嫘祖，還有媽祖

——一九七三年十一月六日《白玉苦瓜》

悅讀簡訊

斷奶，總是需要一段過程。

寫此詩時詩人四十五歲，從渡海來台，歷經漫長的精神斷奶，終開始對「腳下這泥土」充滿認同、讚美、感恩、同舟共濟感。

媽祖與嫘祖·來台三十年與對岸五千年，在情感天平上，同等分量。

而「斷奶的母親依舊是母親」，則是無論如何，無法背恩忘本、寡義絕情予以切割否認的事實。

全詩滄桑與幸福感交織，充滿自我反省的眞誠，與同島一命的深刻體悟，言出由衷。

堪稱一九五〇年代因戰亂定居寶島、返鄉無望的台灣新住民共同的心聲。

廈門街的巷子

又一輪中秋月快圓的季節
秋已到巷口，夏還徘徊
在巷底那一排闊葉樹蔭裏
這是全世界最隱祕的地方
從從容容地讓我走過
有迴聲如遠潮的時光隧道
卻驚見少年的自己竟從巷底
迎面走過來，一頭黑髮
滿眼閃著對巷外的憧憬
到巷腰我們相遇，且對視
感到彼此又熟又陌生
「外面的世界怎麼樣？」他問

表情熱切，有一點可笑
「到時候你就知道，」我笑笑
「有些事不如，有些事
比你想像的還要可怕」

橄欖核一般的初秋天氣
中間鼓，兩頭尖
響晴的早晚，在亮金風裏
能嗅到中秋月色和月餅
八千里路長長的月色
半輩子海外空空的風聲
該是月圓人歸的季節了
小雜貨店的瘦婦人迎我
以鄰居親切的舊笑容
「幾時從外國回來的？」
不知這六年我那棟蜃樓
排窗開向海風和北斗

在一個半島上，在故鄉後門口
該算是故鄉呢，還是外國？
「回來多久了？」菜市場裏
發胖的老闆娘秤著白菜
問提籃的妻，跟班的我

這一切，不就是所謂的家嗎？
當外面的世界全翻了身
當越南亡了，巴拉維死了
唐山毀了，中國瘦了
胖胖的暴君在水晶棺裏
有四個黑囚蹲在新牛棚裏
只留下這九月靜靜的巷子
在熟金的秋陽裏半醒半寐
讓我從從容容地走在巷內
像蟲歸草間，魚潛水底
即使此刻讓我回江南

秋風拍打的千面紅旗下
究竟有幾個劫後的老人
還靠在運河的小石橋上
等我回家
回陌生的家去吃晚飯呢？

——一九八〇年九月十四日回國後第一首詩《隔水觀音》

悅讀簡訊

余光中任教香港中大第六年、中秋前夕返台所寫。

詩分三段，首段以奇幻之筆，寄歲月感慨。

二、三段先歡喜讚歎離台六年，月圓人歸，「當外面的世界全翻了身」，廈門街雜貨店老闆娘與市場小販卻親切依舊，令人感到「回家」的溫馨；繼則傷世事多變，曾朝夕思念的故國，歷天災人禍浩劫，面目全非，親友凋零，故舊寥落，已是「陌生的家」，兩者反差、對比強烈。

簡言之，「像蟲歸草間，魚潛水底」，這是詩人宣稱身之所寄、心之所屬的「家」在台灣的深情告白。

祝福

幾乎是每一次，停步在街角
看一群藍褲子黃帽子的國小學生
揹著書包，跟同伴說著笑
在斑馬線上列隊走過
高班生手裏的方旗子橫著
擋住滿街的車輛和行人
讓那些興高采烈的小孩子們
一步三跳地湧過了街去
——就不自禁地要流下淚來
似乎這輕快的行列
正踏向明日的中國
而對街的林蔭特別的青翠

對街的陽光特別的晴美
那時，海峽的兩岸，就像這街的兩岸
風裏，揚著同一面國旗
旗下，唱著同一首國歌
歌聲裏的面孔，十萬萬張
是仰望慈祥可親的國父
不是日爾曼的鬍子，斯拉夫的鼻子
不是列寧裝裏肥胖的獨夫
——於是這活潑潑的小小隊伍
跨過這斑馬線，跨過海峽
帶著我們的叮嚀和祝福
而一切車輛都必須停下來讓路
只爲那天眞而稚氣的步伐
那樣無畏又無辜
是向明日的中國出發
而那，是什麼力量也阻擋不住

——一九八一年六月十五日《隔水觀音》

悅讀簡訊

從尋常可見的國小學生放學實景切入，懷欲淚的心情，對台灣明日．兩岸未來進行假設性想像。

並藉孫中山、馬克斯、列寧、毛澤東四位歷史人物，暗示「明日中國」不等於當下的「對岸」，所祝福之理想爲三民主義統一兩岸，恰與其所曾言「一面國旗招展，從陰山之陰到陽明山之陽」（〈馬思聰之琴〉．《在冷戰的年代》）呼應。

全詩文學正確、藝術正確，但是否政治正確？則有待時間解謎。

是高度敏感的一首詩。

中國結

牆上有一串典雅的中國結
是她用觸目的紅絲帶
一針一針委婉地鉤成
還綴著古玉，垂著穗尾
守護著床頭，成爲吉兆
肚裏另有個中國結，卻不知道
是誰啊打的，從何年何月
只知道割盲腸沒有割掉
透視底片上也難以尋找
卻絞在最敏感的一段迴腸
像是先民，怕忘記什麼似的
打一個結在繩上，每到清明

或是中秋，就隱隱地牽痛
會做惡夢，會消化不良
派陳年的花雕轟然下肚
掀起悲壯的火攻，也不見效
這麼下去恐怕會鬧出結石
你說吧，大夫，該怎麼了斷？
用凜冽的海峽做手術刀
一揮兩段嗎？　痛，是夠痛了
只怕未必是痛快，而傷口
未必能夠乾脆地收口
據說記憶有多長，腸，就多長
一結未了，會長出新結
這種惡性瘤怕很難消滅
照武俠小說的說法，大夫
舊愁宜解不宜結，你就一寸寸
探回患處，輕輕地，爲我解吧
正是，噢，最敏感的一段了，請你

輕輕地提起，輕輕地放，爲了
這一頭是島的海岸線
曲折而纏綿，靠近心臟
那一頭是對岸的青山
臍帶隱隱，靠近童年

——一九八八年三月二十九日《夢與地理》

悅讀簡訊

詩人因牆頭綴古玉之典雅中國結，而觸動了心頭沉鬱難解的敏感中國結——

這一頭是島的海岸線／曲折而纏綿，靠近心臟

那一頭是對岸的青山／臍帶隱隱，靠近童年

——心臟與臍帶，皆不能、不願、不忍，也自覺不應放棄。海峽手術刀亦難一揮兩斷成兩段。

該怎麼了斷呢？

無解的情況下，於是，複雜錯綜、綢繆糾葛的兩岸情結，乃成心頭永遠的痛！

富春山居圖

——名畫合璧慶中秋

長卷已六百歲，山河仍不老
迢遞百里的富春江
八旬黃公縮地有仙術
巧腕妙運，無中生有
召來如許的峰巒起伏
沙渚錯落，石磯三五
林中儼然有村屋半遮
漁父與樵夫，更有高士
是子陵嗎，出沒於其間
三百年前的火刼得救
水墨點染的心血長留

縱畫分兩岸，人辯眞僞
也不阻造化再造來眼前
換代換不了華山夏水
一灣海峽豈信是天塹
名畫分久終合成完璧
一輪高懸共仰望中秋

——二〇一一年《太陽點名》

悅讀簡訊

《富春山居圖》爲元代畫家黃公望近八十歲所繪，以富春江爲背景，創作於一三四七至一三五〇年，爲中國十大傳世名畫之一。清初（一六五〇）收藏家焚畫陪葬，雖經搶救仍斷成兩幅殘卷，其後分別收藏於台北故宮博物院和浙江博物館。

二〇一一，火劫後三六一年，分散多年之兩殘卷首度合璧，在台北故宮展出一個月。

此詩所記，即爲此兩岸藝壇盛事，與《富春山居圖》六百餘年滄桑。

中秋團圓，曠世名畫「分久終合成完璧」，詩人欣喜之情，含蓄閃爍於字裏行間。

是一首記述人間圓滿，令人愉悅的詩。

頌屈原

王冠不銹能傳後幾代呢
桂冠不凋卻飄香到現在
秦王的兵車千輪揚塵
何以一去竟不返
楚臣的龍舟萬槳揚波
卻年年回到江南
回到嶺南，回到海南
更回到，今日，海峽此岸

——二〇一三年五月癸巳年端午《太陽點名》

悅讀簡訊

此爲余光中九首屈原詩之第八首，寫於八十五歲。

爲其最短的屈原詩，卻格外呈現了歷史的縱深、地域的幅廣。

桂冠與王冠．楚臣的龍舟與秦王的兵車——是詩與權力、文學與政治的對比。

從江南、嶺南、海南，到海峽此岸——則是民族詩宗影響深遠之寫照。

在時間、空間遼闊的延伸中，詩人運筆自如寫其精神典範屈原頌。

四個「回到」，與三「南」字、兩「冠」字、「揚」字重複使用，於巧妙對比間，倍添陰揚頓挫音韻效果與意義深度。

如此高度濃縮、言簡意深情深蘊藉深厚之詩，非大師不能爲之。

余　光　中　作　品　集　2　7

余光中美麗島詩選

國家圖書館出版品預行編目 (CIP) 資料

余光中美麗島詩選 / 余光中著 ; 陳幸蕙主編 . -- 初版 . --
臺北市 : 九歌 , 2018.12
面 ;　公分 . -- (余光中作品集 ; 27)
ISBN 978-986-450-222-6 (平裝)

851.486　　　　107019263

作　　者——余光中
主　　編——陳幸蕙
執行編輯——鍾欣純
創 辦 人——蔡文甫
發 行 人——蔡澤玉
出版發行——九歌出版社有限公司
臺北市八德路 3 段 12 巷 57 弄 40 號
電話／ 25776564 傳真／ 25789205
郵政劃撥／ 0112295-1

九歌文學網　www.chiuko.com.tw

印　　刷——晨捷印製股份有限公司
法律顧問——龍躍天律師 · 蕭雄淋律師 · 董安丹律師
初　　版——2018 年 12 月
初版 2 印——2022 年 1 月

定　　價——360 元
書　　號——0110227
I S B N——978-986-450-222-6